論壇 17

日台ビジネスアライアンス
競争と協力、その実践と展望

The Strategic Alliance of Taiwanese and
Japanese Businessmen:
Coopetition, Practices and Prospects

日本語版

陳德昇 編

編者序

　本論文集は2012年5月、日台産官学界より専門家を招集し、日台企業ビジネスアライアンスと中国大陸内需市場開拓について、研究討論を行ったときのものである。基本的に、政府の施政は産業界の発展需要と学術界の専門的研究を結び合わせるべきであり、そうしてこそ、明確にその方向を定めることができ、政策決定をより体系的なものとし、なおかつ、政策理念の実現を可能とする。この点における意義から見ても、国内の産官学界の資源の統合と機能を発揮することは、依然として非常に大きな改善の余地を有している。

　本書は、日台ビジネスアライアンスを研究テーマとした選りすぐりの論文と作者を多く収録している。理論と戦略の検討及び韓国との比較分析のほか、関連の事例研究を行っており、極めて高い教訓的意義と参考価値を備えている。日本みずほ総合研究所調査本部の伊藤信吾中国室長が、長年の日台企業ビジネスアライアンスの研究より具体的かつ展望を備えた分析を提示し、日本富士通総研経済研究所の金堅敏研究員と、高寛元台湾三井物産代表取締役社長は共に韓国企業の競争力の向上に対し、注意を促している。韓国企業の成長には目を見張るものがあり、日韓企業は協力と交流を行ってはいるが、依然として、

日台企業間の信頼と依頼関係、及び優位性の相互補完関係に、取って代わることは難しい。その他、千葉工業大学の久保裕史教授が、中長期的に大きな発展が見込まれる太陽電池産業を例として、日台企業の中国市場における戦略的協力の可能性を示している。

　戦略と実践においては、早稲田大学の長内厚教授が、日台企業アライアンスの戦略的思考と実践において、実際に深く参与し、そこから示された専門的見解は参考に値する。その他、長期にわたり、日台ビジネスアライアンスを研鑽している劉仁傑教授と呉銀澤教授が、工作機械産業を例として、中国市場開拓におけるチャンス及び問題と挑戦について分析を行った。また、アジア企業経営研究会藤原会長と台湾区電機電子同業工業公会東京事務所根橋顧問が、日台ビジネスアライアンスと中国市場開発の可能性と方向性について論述し、またその直面する問題と挑戦について指摘している。

　最後に、本書の出版にあたり、日本語の編集にてご協力いただいた阿部さん、そして、順調な出版のためにご尽力いただいたINK印刷出版に、ここに記して謝意を表したい。

陳德昇

2012年11月3日

目　次

II 実例と実務

作者紹介（五十音順）

伊藤信悟　Ito Shingo

　東京大学法学部学士。現在、みずほ総合研究所株式会社調査本部アジア調査部中国室長。主な専門分野は、台湾・大陸経済、両岸経済関係。

長内厚　Osanai Atsushi

　京都大学大学院経済学研究科博士（経済学）。現在、早稲田大学大学院商学研究科（早稲田ビジネススクール）准教授。主な専門分野は、イノベーション・マネジメント、製品開発マネジメント。

久保裕史　Kubo Hiroshi

　名古屋工業大学大学院博士（工学）。現在、千葉工業大学社会システム科学部プロジェクトマネジメント学科教授。主な専門分野は、ものづくり国際経営戦略，プロジェクトマネジメント、環境・エネルギー。

呉銀澤　Oh Eunteak

　神戸大学大学院経営学研究科博士（経営学）。現在、台湾・育達商業科技大学応用日本語科准教授。主な専門分野は、生産・技術戦略、国際経営、日台企業間の提携論。

金堅敏　Jin Jian-Min

　日本横浜国立大学大学院博士（国際経済法）。現在、富士通総研経済研究所主席研究員。主な専門分野は、中国・新興国経済、多国籍企業戦略。

高寛　Taka Yutaka

　横浜国立大学経営学部卒業。現在、世界経済研究協会理事、台湾協会理事、日台産業技術合作促進会顧問。主な専門分野は、戦略的国際分業論、商社論、国際貿易。

中本龍市　Nakamoto Ryuichi

　京都大学大学院経済学研究科博士後期課程指導認定退学。現在、椙山女学園大学現代マネジメント学部専任講師。主な専門分野は、経営学、比較組織論、国際経営。

根橋玲子　Nebashi Reiko

　法政大学経営学研究科企業家養成コース経営学修士（MBA）。現在、台湾区電機電子同業工業公会東京事務所顧問。主な専門分野は、対日投資、貿易投資。

藤原弘　Fujiwara Hiroshi

　関西大学法学部学士。現在、アジア企業経営研究会会長。主な専門分野は、日本企業のアジア展開、日本企業の対中進出と両岸経済関係、アジアにおける日台企業の経営比較。

劉仁傑　Liu Ren-Jye

　神戸大学大学院経営学研究科博士（経営学）。現在、台湾・東海大学経営工学情報学部教授。主な専門分野は、経営戦略論、トヨタ生産方式、日台企業間の提携。

日台ビジネスアライアンスと
大陸内需市場の開拓

ー日台アライアンスを取り巻く
環境変化と研究上の課題ー

伊藤信悟
（みずほ総合研究所株式会社調査本部アジア調査部中国室長）

　おはようございます。ご紹介にあずかりましたみずほ総合研究所の伊藤でございます。本日は、このような盛大な国際会議にお招き下さり、誠に有難うございます。心から御礼申し上げます。また、最初にシンポジウムの開会に際し、口火を切らせて頂くことを大変光栄に存じます。

　私が日台アライアンスに関する研究に本格的に取り組み始めてから、10数年が経ちます。私が日台アライアンスを主要な研究テーマに据え続けてこられたこと、これは、とりもなおさず、日台アライアンスが脈々と続けられてきたことの証です。

　統計からも日台経済関係の重要性をみてとることができます。2011年の日台貿易の数字をみてみますと、台湾にとって日本は第2位の貿易パートナーですし、日本からみても、台湾は第5位の貿易パートナーです。東洋経済新報社の資料に基づき、中堅以上の日本企業の海外現地法人数をみても、2010年10月時点で、台湾は日本にとって世界第6位の進出先です。これらのデータが示唆するように、台湾企業とのアライアンスは、日本企業の国際展開において重要な地位を占めています。私がこうしてお話させて頂く機会を得たのも、先達も含め、日台双方の各界の皆様の不断の交流と努力のお陰だと、深く感謝しています。

　こうした連続性の一方で、私が日台アライアンスの研究をはじめた2000年頃と現在とでは、日台アライアンスを取り巻く環境が大きく様変わりしています。

　第一の変化として、中国大陸（以下、大陸）の経済規模の

拡大が挙げられます。2000年当時、世界のGDPに占める大陸のシェアは米ドル市場レート換算で3.7％でしたが、2011年現在、そのシェアは10.5％に達し、米国に次ぐ世界第2位の地位を確かなものにしています。2001年12月に大陸がWTOに加盟し、市場開放が進んだこともあり、この10年余りの間に、大陸は「世界の工場」のみならず「世界の市場」として衆目を集めるようにもなりました。日本企業、台湾企業も、他国企業同様、大陸市場に熱いまなざしを送っていることは、改めて指摘するまでもないでしょう。日台アライアンスの事例をみても、従来以上に、食品・外食分野などを中心に大陸市場狙いの日台アライアンスが広がりをみせています。

　第二の変化が、両岸経済関係の拡大と深化です。2001年、2002年のいわゆる「両岸同時WTO加盟」を契機として、台湾の対大陸経済交流規制の大幅な緩和が行なわれましたが、2008年5月の馬英九政権の発足後、両岸経済交流はさらに大きな構造変化を遂げました。両岸経済交流の「正常化」のスピードが上がったことはもとより、2010年9月のECFA発効により、台湾と大陸が互いに優遇措置を与え合うという新たな状況が生まれました。これは明らかに前政権の治世とは異なる質的な変化です。また、両岸関係の改善に伴い、台湾・大陸双方の関係部門がビジネスアライアンス形成に向けて協力するようにもなりました。両岸架け橋プロジェクト（「搭橋専案」）、大陸企業の調達ミッションの来台などがその典型例です。これも、これまでの政権ではみられなかった新たな取り組みです。

　第三の変化が、東アジアにおける競争と協調の構図の複雑化
です。得意とする技術や販路の違いなど、経営資源の相互補完
性をベースに、アライアンスが多数形成されるようになって
いますが、その一方で、急速なキャッチアップを遂げた台湾企
業、韓国企業と日本企業との競争・競合も激しさを増していま
す。台湾企業と韓国企業が激しい競争を繰り広げている業種も
少なくありません。とりわけIT分野は、日本、台湾、韓国企業
の競争と協調が複雑に織り成す世界となっています。その典型
例が、世界的な再編劇が繰り広げられている液晶や半導体分野
であることは、改めてご説明するまでもないでしょう。また、
大陸市場はもとより、他の市場においても、大陸企業が競争相
手、あるいは、アライアンスのパートナーとして頭角を現すよ
うにもなっています。

　第四の変化として指摘できるのが、競争と協調の促進剤とな
っている、アジア太平洋地域の経済統合の広がりです。先ほど
指摘したECFAのほか、ASEANと日本、大陸、韓国がそれぞれ
EPAを締結しています。最近では、韓国が米国、EUとのEPA
を発効させたことが、日本、台湾でも注目を集めています。ま
た、日中韓FTAに関しては、三者でまとまった一つの協定を結
ぶのか、あるいは、バイラテラルな協定の積み重ねとなるのか
は注視が必要ですが、交渉加速の機運が生まれたことは確かで
しょう。TPP（環太平洋パートナーシップ協定）に向けた動き
も、当初の想定よりはゆっくりとした歩みながら、広がりをみ
せつつあるといえます。

　こうした四つの変化の方向性は、今後も基本的に変わらず、持続する可能性が高いと考えます。

　世界経済における大陸のプレゼンスは高まり、2020年頃には、GDPの規模で大陸が米国を抜く可能性が出てきていることは、皆様ご承知のとおりです。また、後程詳しいご説明を拝聴できると伺っていますが、両岸経済関係の緊密化に関しても、ECFAの拡充などに向けた交渉がすでにスタートしています。台湾のみならず、他のアジア各国・地域の成長戦略上、EPA/FTAの位置づけが著しく低下するとは想定しづらく、EPA/FTAの網の目が広がっていく趨勢に変わりはないと考えます。こうした環境の下、日本、台湾、韓国、大陸企業の競争と協調が今まで以上に激しく繰り広げられていく可能性があります。

　こうした状況が大陸における日台アライアンスにいかなる影響を与えるのか。今回のシンポジウムでは、この問題について多くの議論が展開されると拝察していますが、日台アライアンスを取り巻く環境変化と、台湾企業、日本企業の経営資源の優位性、さらにいえば、台湾、日本という場の競争力とが今後どのような形で相互作用をみせていくかが、重要な論点となろうかと存じます。もう少し具体的にその理由をお話したいと思います。

　まず、大陸における台湾企業の優位性が今後どのように変化するかについてです。

　私の研究では、2009年6月末までに日本企業により「台湾活用型大陸投資」が少なくとも415件行なわれてきたことが確認

できています。まだ十分に整理しきれていませんが、日本企業の「台湾活用型大陸投資」が増加傾向を辿っていることは間違いありません。これらの日本企業の大半は、大陸における「大陸台商」のプレゼンスの高さとネットワークに魅力を感じ、台湾企業、台湾子会社との大陸進出を選択してきました。具体的には、大陸市場における販路、部材調達のネットワーク、人脈といった魅力です。それゆえ、大陸における台湾企業の優位性が今後どのように変化するか、この点が日台アライアンスの行方を決定的に左右するといっても過言ではありません。

　上述したECFA、両岸搭橋専案といった政策が、大陸における台湾企業のプレゼンス拡大に有利な環境を創りだすことは確かだと私は考えます。両岸の間の分業体制のさらなる効率化、大陸企業とのコネクションの拡大に繋がる施策だと考えるからです。実際、これらの政策は、大陸ビジネスのパートナーとしての台湾企業に対する日本企業の関心を高めていると感じています。

　ただし、日中韓FTAが実現されることになれば、ECFAの優位性は相対的に低下する恐れがあります。それだけに、台湾企業がイノベーションを通じて、韓国企業、日本企業と比べ、どのような優位性を今後新たに獲得していくのかが、大陸における台湾企業の優位性を占ううえで、非常に大きな意味を持ちます。さらにいえば、台湾企業の優位性を育む台湾という「揺り籠」が日本や韓国や大陸とは異なる魅力をどのような分野で新たに備えていくのかが問われています。

　台湾企業、台湾に対するこの問いは、日本企業、日本にも当てはまります。むしろ「失われた20年」を経験してきた日本、日本企業のほうこそ、新たな優位性・競争力の所在はどこかが問われているといえるでしょう。かつて私が行った研究で、これまで日台共同での大陸投資が盛んに行なわれてきた分野は、自動車関連の部材分野であることを明らかにしましたが、それは、これらの領域で日本企業が世界的にも強い競争力や技術力を誇ってきたからに他なりません。日本企業、日本がどのような新たな優位性・競争力を生み出しつつあるのかが、日台アライアンスの研究上も、実務上も問われているように感じています。

　こうした日本企業・台湾企業の経営資源の新たな優位性の所在、日本・台湾の今後の競争力の所在を浮き彫りにするうえで、大陸企業、韓国企業との比較、あるいは、日台アライアンスと他の組み合わせのアライアンスとの比較が、研究の方法論として非常に重要な意味を持つと私は考えます。

　例えば、「日台連携して韓国に対抗する」というスローガンが時折聞かれますが、確かにそうした戦略を採用している企業群があることは確かです。しかし、実際には、韓国企業の世界的なプレゼンスの拡大や、韓国の対米、対EUFTA締結などを背景に、日韓アライアンス、台韓アライアンスの機会も徐々に増えているように思われます。また、大陸企業とのアライアンスの重要性、必要性も高まっています。大陸市場の拡大が、ホームグラウンドの消費者・企業の特性を熟知した大陸企業との

アライアンスを促す大きな力となっているからです。また、大陸で新興産業分野を開拓するうえでも、大陸企業とのアライアンスが志向されやすいと考えます。大陸政府が育成を図っている戦略性新興産業の多くは、標準が重要な意味をもつ産業であるため、大陸標準の設定に関わっている大陸地場企業とのアライアンスが市場参入上、有利となりやすいからです。

　こうした状況が生まれている以上、日本、台湾、韓国、大陸企業の経営資源の補完性、アライアンスの特徴を比較検討する必要性は、学術研究上も、政策研究上も、重要性を増しているといわざるをえません。

　これまで開かれた日台アライアンス関連のシンポジウムと比べると、今回のシンポジウムほど、東アジア大の比較の視座が揃ったシンポジウムはないのではないかと思います。上記の潮流に鑑みて、今回のシンポジウムは非常に時宜を得ています。主催者・後援者の皆様の卓見に心から敬意を表します。今回のシンポジウムで、日本、台湾、韓国、大陸の競争と協調の方向性に対する多くの知見が得られ、日本企業、台湾企業の新たな優位性の所在と新たな相互補完関係の形が示されていくことを心から楽しみにしています。

　以上お話したことは、経営資源の補完性に着目した議論ですが、アライアンス研究の醍醐味は、互いが持ち寄った経営資源をもとに、新たなイノベーションを一緒に引き起こすこと、すなわち「共創」（"co-innovation"）にあります。この点は、劉仁傑教授が以前から強調されている点です。今回のシンポジウ

ムでは、日台アライアンスの事例を数多くご紹介頂けるわけですが、「共創」を生み出す日台アライアンスの現場の組織構造についても、明らかにされることを期待しています。

　さらに最近では、工業技術研究院や資訊工業策進会と日本企業とのアライアンスも増えていると認識しております。日台の産学連携を通じた「共創」の取り組みが広がりをみせつつあることは、日台間のイノベーションシステムの相互補完の試みとして、大いに注目されます。

　また、日台アライアンスの誕生プロセスに関する研究の深化を予期させる政策的な取り組みも、現在精力的に行なわれています。今年に入り、台湾政府が「台日産業協力架け橋プロジェクト」の下、重層的な日台アライアンス組成策を展開されています。その推進のための専門組織として「台日産業合作推動弁公室」も設立されました。また、日本側でも、日台アライアンスの機会創出に向けた様々な官民の取り組みが展開されています。

　企業進化論が注目を浴びるなか、企業の誕生プロセスに関する研究が米国等で盛んに行なわれてきましたが、日台アライアンスの誕生プロセス、そこにおける支援のあり方に関する研究は、さらなる進化の余地があるように思われます。とりわけ「能力に対する信頼」、「意図に対する信頼」がアライアンスのパートナー間でどのように醸成されるのか、そこにおける支援者の役割、企業トップの役割、企業組織の特性と信頼関係醸成との関係、日台間の良好な相互感情といった社会関係

資本（social capital）の役割など、様々な角度から、研究の視座を設定できるのではないかと思います。今回のシンポジウムでは、助産師として、あるいは、親として、日台アライアンスの産声を何度も間近で聞いてきた実務家の皆様も大勢参加されています。そうした皆様の貴重なご経験とご卓見が、研究の深化、日台アライアンス支援策のさらなる充実に大きな貢献をされるものと確信しております。

　日本では、本番の劇が始まる前、主たる出演者が出てくる前に、舞台に上がり、簡単な演劇をしたり、話をしたりする人のことを「前座」といいます。英語では、"curtain raiser"というそうです。私の話が、これから始まる諸先生方の議論を盛り上げる「前座」としての役割を果たせたとすれば、身に余る光栄です。では、私は大役を終え、聴衆として諸先生方のお話を楽しませて頂きます。

　ご清聴ありがとうございました。（2012年5月12日）

東アジアのエレクトロニクス産業に与える海峡両岸経済協力枠組取決め（ECFA）の影響

－日台アライアンスによる製品コンセプト・アーキテクチャ統合の可能性－

長内　厚

（早稲田大学大学院商学研究科准教授）

中本龍市

（椙山女学園大学現代マネジメント学部専任講師）

伊藤信悟

（みずほ総合研究所株式会社調査本部アジア調査部中国室長）

　本稿は、2010年に台湾と中国の間で結ばれた貿易・投資ルールである「海峡両岸経済協力枠組取決め(ECFA)」の概要と、財団法人交流協会が行ったECFAの日本企業に対する影響調査結果の一部を紹介し、ECFAの日台アライアンス促進効果と、東アジア4地域(日本・台湾・中国・韓国)の製品アーキテクチャと製品コンセプト創造能力の違いに基づく競争と協調の可能性について論じたものである。

はじめに

　国際的な経済活動において中国・インドなどのアジア新興国のプレゼンスが拡大している。とりわけ中国は2010年に日本の名目GDPを抜いて世界第二位の経済大国となった。経済成長により、中間層人口が増大し、中国はもはや「世界の工場」というだけではなく「世界の市場」としての存在感も増している（内閣府, 2011）。一方、これまでエレクトロニクスや自動車などの製造業が経済を牽引してきた日本では、長引く不況と円高の影響で経済が失速していることに加え、デジタル家電の急速なコモディティ化により主役のエレクトロニクス産業が長期的な低収益にあえいでいる（延岡, 2011; 長内・榊原, 2011）。日本のエレクトロニクス産業が苦戦をしている理由は、中国製品による低価格攻勢だけではない。サムスン電子、LG電子、鴻海精密工業(Foxconn)、Acer、ASUS、HTCなどといった韓国や台湾の優良企業が高い品質と低コスト(必ずしも低価格と

イコールではない)を武器に「安かろう悪かろう」ではなく、
「安くて消費者のニーズにも合致した」製品を市場に送り出
し、「ガラパゴスケータイ」のような日本の「高くて過剰品
質」の製品を苦戦に追い込んでいる。ただ、ここで注意が必要
なのは日本企業が良くも悪くも技術開発力の相対的な低下が理
由で負けているわけではないということである。日本企業の技
術力は依然として高いものの、機能性能と価格のバランスを含
めたトータルの製品価値が、顧客に評価されていないのであ
る。すなわち、価値創造(value creation)はできているが、価値
獲得(value capture)ができていない状態が今の日本企業の現状
である（延岡, 2006）。例えば、DVDの技術規格は1998年に日
本企業を中心で作られたが、再生機の市場では台湾・中国企業
の製品との価格差が大きく、日本企業は事実上撤退をしてい
る。また、テレビ市場を見ると、1990年代後期に世界第1位の
シェア・好業績を有していたソニーも現在ではサムスン、LG
に次ぐ第3位に転落してしまった。低迷するテレビ事業は、4年
連続の赤字を出している[1]。しかし、ソニーのテレビ事業の赤
字はシェア低下のせいではない。成長の著しいインド市場にお
いてはサムスンを押さえてソニーがトップの地位にある[2]。ま

---

[1] 読売新聞 2011年11月4日「ソニー4年連続赤字へ、ＴＶ不振、円高、タイ洪水」
http://www.yomiuri.co.jp/net/news/20111104-OYT8T00391.htm（閲覧日:2011年11月5
日）。

[2] Display Search プレスリリース2011年3月7日 "Sony Takes Top Position for Flat
Panel TV Shipments in India for 2010." http://www.displaysearch.com/cps/rde/xchg/
displaysearch/hs.xsl/110307_sony_takes_top_position_for_flat_panel_tv_shipments_in_
india_for_2010.asp（閲覧日:2011年10月1日）。

たソニーの2010年全世界テレビ販売台数は2,240万台であり、
この数字は同社のテレビ事業が最も好業績であった1990年代
後半の約2倍の販売台数である（ソニー, 2011）。収益性の低
さは製品の価格下落が激しく、「売っても売ってももうからな
い」状況におちいっているためである。

　つまり、日本企業の問題は、高機能・高性能な製品を作る技
術力を持ちながら、それを付加価値戦略として活かせていない
というところにある。それは前述のように市場のコモディティ
化が急速に進行しているからであり、激しい価格競争に対応で
きるだけの効率性・低コストを実現しなければならない。

　とはいえ、台湾・中国企業のように徹底したモジュラー化と
分業化によって効率性を高めるものづくりは日本の得意とする
ところではない。むしろ、日本の高い統合力は、トヨタなど日
本の自動車産業に見られるように日本の差異化能力となってい
る。しかし、エレクトロニクス産業では、差異化能力によって
もたらされる機能・性能の向上がユーザーのニーズ(あるいは
知覚可能域)を超えてしまう「機能的価値の頭打ち」状態が生
じており、機能・性能の向上という従来の価値次元とは異なる
多様な価値づくりにこの差異化能力を活かす必要がある(長内,
2010；延岡, 2011)。日本企業が持つ従来の能力の延長線上にあ
る「効果的」なものづくり（従来通りの機能的価値偏重なもの
づくりではなく）と、コモディティ化に対応する「効率的」な
ものづくりをいかに両立させるか、そのための台湾とのアライ
アンス、ひいては韓国、中国も含めた東アジア諸地域との関係

形成について考えることが本稿のメインテーマである。

　日台のビジネスアライアンスについては、近年、中国ビジネスとの関係で論じられている。例えば、中国には「世界の工場」として、また「世界の市場」として大きなビジネスチャンスが存在するが、言語や商習慣の違いから日本企業は苦戦を強いられており、その打開策の一つとして、中国と言語や文化が近く、日本企業とも長い取引関係をもつ台湾企業と提携して中国に進出するという方策が日本企業にはあるという議論である(伊藤, 2005; 朱, 2005)。

　ただし、日台のビジネスアライアンスも、それを取り巻く制度的環境の影響を受ける可能性はある。また、ビジネスアライアンスの成否は、アライアンスパートナー間の経営資源の共通性・補完性によっても左右されうる。そこで、本稿では、前者については、2010年9月に発効した台湾と中国の間の経済連携協定（EPA）、自由貿易協定（FTA）[3] に相当する「海峡両岸経済協力枠組取決め（Economic Cooperation Framework Agreement、略称ECFA）」に対する日本企業の対応の分析を行い、後者については、東アジア諸地域（日本・台湾・中国・韓国）のエレクトロニクス産業におけるものづくりの特性の相違を分析し、両者を統一的に把握することで、東アジア諸地域の競争と協調について論じる。

---

[3]　EPAとFTAは同義に使われる名称である（小寺(2010)注1参照）。EPA/FTAには貿易だけでなく国際投資協定（international investment agreement, IIA）と同等の内容が含まれることもある（小寺, 2010）。

　その際に、本稿では、日本の財団法人交流協会[4]が2010年
(平成22年)に株式会社野村総合研究所に委託した「両岸経済協
力枠組取決め(ECFA)の影響等調査」の結果を用いる。そして
ECFA締結後の台湾・中国経済の、日本に対する影響と、日本
企業と台湾企業との間の互恵的なアライアンス実現の可能性に
ついて考察する。

　経済分野の国際ルールというと、国際貿易を対象にしたもの
と考えがちであるが、EPA、FTAと呼ばれる条約や、あるいは
本稿で取り上げる台湾と中国・日本との間のEPA/FTAに類した
取決めは、貿易だけではなく、投資など企業の国際的活動全般
に関わる政府間のルールである。台湾では2008年の馬英九政
権の誕生以降、北京の中国政府との関係が好転し、2010年に
ECFAが調印された。

　ECFAは台湾側に有利な条項が多く、台湾企業は投資や関税
の面で中国側よりも多くの優遇を受けることができるという
意味で「片務的な」性格を持つ取決めでもある。また、ECFA
には段階的に協議・実施が継続していく内容も多く含むが、
一部の品目に対する関税引き下げやサービス貿易の快方はア
ーリーハーベスト項目として定められ、関税引き下げリスト
は2011年1月1日から、サービス貿易の開放は2010年10月以降

---

[4] 財団法人交流協会（現在：公益財団法人交流協会）は、日本の財団法人である
　　が、1972年の日中国交正常化以降外交関係のない日台間の実務関係を維持するた
　　めに設立された準公的組織であり、日本政府の在外公館(大使館、総領事館等)と類
　　似した公的な事務を行っている。（交流協会：http://www.koryu.or.jp/）

順次実施されている。これらの片務的性格と中間協定(interim agreement)的性格などがECFAの特徴といえる。政治的対立を抱える台湾と中国が漸進的とはいえ、合意に基づき互いに通商面で優遇措置を与え合いはじめたことは大きな意味を持つ。

　本稿の構成は以下の通りである。第2節では、台湾経済とECFAの概要を紹介する。続く第3節では、交流協会の調査結果をもとにECFAが日本企業に与える影響を、特に日台アライアンスという観点で論じる。最後に第4節では、東アジア4地域（日本・台湾・韓国・中国）のものづくりを製品コンセプトの創造力と製品アーキテクチャへの対応力という観点で整理し、日台アライアンスの理論的な妥当性を検討する。

台湾経済とECFA

一、台湾経済の概要

　台湾の経済・生活水準は、すでに先進工業国の域に達していると言われている。台湾は、人口が約2316万人、面積は3万6191平方キロメートルで九州と同程度、2010年の名目GDPは、4298億ドルで日本の大阪府(約38兆円)と同規模である。実質GDPの成長率も10.88%であり2009年のマイナス成長から一転して高成長を記録している。貿易収支も輸出型企業が伸張し、265.1億ドルの黒字であった。

　2010年の対日輸出額は、180億ドル、対日輸入額は519億ド

ルであり、日本は最大の輸入相手国になっている。最大の輸
出相手国は、中国である。国際通貨基金(IMF)が発表した購
買力平価換算の一人あたりのGDPでは、2010年に日本と逆転
し、約356百ドルとなった(日本は、約340百ドル)。また、IMD
(International Institute for Management Development)による
2011年の世界競争力ランキングでは、世界第6位に位置してい
る(日本は第26位)。

　企業の研究開発活動という視点では、台湾企業の社内研究者
比率は、中国に比べて極めて高い。2008年の行政院国家科学
委員会(National Science Council)の科学技術動向調査のデータ
によれば、就業人口1000人あたりの研究者数は、10.6人と日本
と同規模である。これは、比率としては中国のおよそ5倍にあ
たる。ということは、研究開発志向の日本企業との相性も良さ
や、技術移転を行う際の吸収能力も高さなど、相互理解の素地
があることが期待できる。例えば、ITRI(台湾工業技術研究院)
からスピンアウトしていったUMC、TSMCなどのハイテク企
業は、技術へのキャッチアップと外国企業との協業により（長
内, 2007; 長内・陳, 2009）、台湾をアジアにおけるIT産業のハ
ブ化させることに成功した。

二、中台両岸経済関係の経緯[5]

　第2次世界大戦終結以降、台湾政府と中国政府との間では緊

---

[5] 本稿では台湾と中国の関係を台湾サイドから論じているので「台中」と記しても
　　良いが、台湾の地名の台中との混同を避けるため、あえて中台と記している。

張状態が続いていたが、1987年には台湾に布告されていた戒厳令も解除され、中国大陸地区在住の親族訪問目的の中国への渡航も認められるようになった。また、巨額の外貨準備の蓄積を背景に外貨送金規制が緩和されるなか、急速な台湾ドル高、賃金や不動産価格の高騰、労働争議や工業用地不足による環境保護運動の高まりなどを受けて、台湾企業が親族訪問渡航で中国を訪問し、投資を行うようになった。加えて、台湾政府が1985年には香港・マカオ等の第三国・地域経由の対中間接輸出を事実上黙認し、1987年以降、対中間接輸入を認めはじめたことも、両者の経済交流を後押しした。中国政府側も、1988年に「台湾同胞の投資奨励に関する国務院の規定」を公布し台湾企業による対中投資に有利な投資環境の整備に力を入れるようになった。

　後にECFA締結の主体となる台湾側の組織である「海峡交流基金会」が1990年に、中国側のカウンターパートとなる「海峡両岸関係協会」が翌1991年に設立され、中台交流に関わる窓口機関が設置された。ただし、台湾政府は中国との関係強化には必ずしも積極的ではなく、漸進的な対中経済交流規制の緩和を図ってきたが、民間レベルでの対中経済交流は規制をかいくぐる形で進められ、それを台湾政府が事後的に追認するということもしばしば生じた。2000年には独立志向が強いとされる陳水扁政権が発足したが、台湾財界の支持獲得、対中関係の安定の必要性、WTO（世界貿易機関）に中国・台湾がそれぞれ2001年12月、2002年1月に加入し、台湾側が中国側に対して最恵国

待遇を与える義務が生じたことなどから、対中経済交流規制の
緩和を一定程度推進した。2008年に誕生した馬英九政権は、対
中経済交流規制が台湾経済の活性化を阻むとの認識に立ち、対
中経済交流規制の緩和を加速している。具体的には、中国人観
光客の受け入れ規制の緩和や中台間の海運・空運直行便の大幅
な拡充が図られているほか、中台間の投資規制の緩和も進めら
れている。

　2011年1〜8月時点で、対中貿易依存度が22.9%に達しており
（台湾経済部国際貿易局推計値）、かつて台湾で警戒水準とさ
れていた10%をすでに上回っているほど、台湾と中国との経済
連携は密接である。だが、台湾政府はハイテク産業分野におけ
る対中投資にはきわめて慎重であった。特に、台湾経済の原動
力であるIT・半導体などのハイテク産業に関しては、技術流出
の観点から中国への投資を抑制してきた。また、中国へ集中的
な投資の分散化を目的に1993年以降は、「南向政策」と称して
東南アジアへの投資を企業に促していた。しかし、労働力の確
保と巨大市場への成長が見込まれる中国への投資は台湾企業に
とって国際競争上不可欠な条件であり、馬政権下の台湾では、
2010年2月を皮切りに、台湾半導体・液晶産業の中国投資の規
制緩和が行われている。また、陳水扁政権までは中国からの投
資受け入れが厳しく制限されており、事実上不可能に近い状況
にあったが、馬政権になり、2009年7月の中国資本による台湾
投資規制が部分的ながらも緩和され、資本参加を通じた中台
間のアライアンス促進などが目論まれている（伊藤, 2011、交

流協会, 2011）。これらの対中経済交流規制の緩和に加えて、馬政権の対中経済交流拡大策の柱に据えられたのがECFAである。

三、ECFA締結の決断と課題

　中台間のEPA/FTAに相当する経済取決めとして、2010年6月、中国重慶市で、台湾側の海峡交流基金会・江丙坤董事長と中国側の海峡両岸関係協会・陳雲林会長がECFAに署名した。

　ECFAの主な目的は、(1)中台間の経済、貿易、投資協力の強化と促進、(2)中台間の物品、サービス貿易の自由化促進、公平、透明、簡便な投資とその保障メカニズムを構築、(3)経済協力の領域の拡大と協力関係の構築、の3点である(交流協会, 2011)。

　ECFA本文は、5章16条で構成されており、内容は、(1)総則(関税・非関税障壁の削減、サービス貿易の制限緩和、投資保護の提供、産業交流促進)、(2)貿易と投資(関税低減・撤廃、原産地ルール、税関手続きの協議、サービス貿易、投資保障機構や投資関連規定の透明性)、(3)経済協力(知的財産権保護と協力、金融分野での協力、貿易の促進と利便性向上、税関業務協力、電子取引の協力、産業協力戦略の研究、中小企業同士の協力、経済貿易団体の相互事務所設置)、(4)アーリーハーベスト(早期関税引き下げ品目・開放項目リスト)、(5)その他(紛争解決手続きの早期確立、両岸経済合作委員会設置)などからなる(交流協会, 2011)。今後は、半年に一度開催される両岸経済合

作委員会でさらなる議論がなされることになっており、2011年
1月6日に同委員会が組成され2月22日には第一回の例会が開催
されている。それを通じて、より自由化・協力・紛争解決の面
でレベルの高い取決めに発展させていくことが目標とされてい
る(交流協会, 2011、伊藤, 2011)。

　ECFAの議論の中で、中台、及び両者の企業と取引のある企
業にとって現在最も注目されているのは、優先的に関税引き下
げや開放がなされる品目やサービスを規定するアーリーハーベ
スト条項である。現在の取決めではアーリーハーベストとし
て、農産物、石油化学製品、機械、紡織品、輸送機器などを中
心に、中国側が539品目の台湾製品を、台湾側が267品目の中
国製品をアーリーハーベストの対象品目に指定している（2009
年時点のHSコード分類に基づく品目数）。一目で分かるよう
に、品目数では、中国側が開放している数が2倍ほど多い。輸
入総額で見ればこの差はさらに広がる。中国側にとっては、
2009年の台湾からの輸入総額の16.1%に当たる約138億ドルが
対象となっており、台湾側にとっては、2009年の中国からの輸
入総額の10.5%に当たる約29億ドルが対象となる。その差は、
約4倍以上となっている。このようにECFAでは台湾側に有利な
条件が並べられている。

　さらに具体的な品目は、中国側が、鉱工業品521品目(石油化
学88品目、機械107品目、紡織136品目、輸送用機器50品目、
その他140品目)、農産品18品目(活魚、バナナ、メロン、茶葉
など)、サービス業11項目(会計簿記サービス、パソコンサービ

ス、自然科学等研究開発、会議サービス、設計サービス、映画
放映、病院サービス、航空機メンテナンス、保険業、銀行業、
証券業)、台湾側が、鉱工業品267品目(石油化学42品目、機械
69品目、紡織22品目、輸送用機器17品目、その他117品目)、サ
ービス業9項目(研究開発、会議サービス、展示サービス、特製
品設計サービス、映画放映、ブローカーサービス、運動レクサ
ービス、空運サービス電子化、銀行業)となっている(交流協会,
2011)。

　このように、アーリーハーベストにおける開放度が異なると
いう意味において、台湾に有利な「片務的」な取決めになって
いる。

　しかし、ECFAが「双方間の実質的な数多くの製品貿易の関
税と非関税障壁を段階的に軽減あるいは除去する」、「双方間
の多くの部門に関わるサービス貿易の制限的な措置を段階的に
軽減あるいは除去する」との規定に基づき、より自由化が進め
られるにつれ、また、WTOのEPA/FTAに関する規定に準拠す
る形でそれが進められていくのに伴い、こうした意味での「片
務性」は薄れていくことになるであろう。

　韓国や日本などが中国とのEPA/FTAを締結していない現況に
おいて、ECFAの締結は「台湾を中国とそれ以外の国を結ぶ経
済的なハブにする」という台湾政府の戦略実現にとって有利な
状況を作り出している。

　ただし、現時点では、台湾産業界の期待ほどにはECFA拡充
が進んでいない。液晶パネルや自動車など多くの重要品目が中

国側のアーリーハーベスト品目に含まれず、関税撤廃のめどが
たっていない[6]。液晶パネルは半導体と並んで台湾の重要な産
業分野である。ECFAの交渉において台湾の液晶産業界は液晶
パネルがアーリーハーベスト品目に入ることを強く要望してい
た。液晶パネルの対中輸出においてゼロ関税が実現すれば、パ
ネル工場の中国移転による台湾産業の空洞化の懸念が避けられ
ると台湾側は考えていた。しかし、最終的には光学用プラ原料
やガラス基板等の部材のみがアーリーハーベストに含まれるこ
とになった。ガラス基板については、全てのメーカーが日本・
アメリカ系企業であるので、台湾でのガラス基板生産を誘致す
る可能性があるが、それ以外は、ECFAの恩恵を受ける要素は
少ない。光学用プラ原料は、原料を台湾で製造しゼロ関税で輸
出、中国で光学部品の生産に用いるという可能性もあるが、そ
の場合、光学部品製造設備等の技術流出の懸念があるので、台
湾企業は原料の状態での輸出には消極的である。また、日本や
韓国の液晶パネルメーカーは中国での液晶パネル生産を進めて
いるが、液晶パネルがアーリーハーベストに含まれなかったこ
とによって、台湾企業もパネル工場の中国移転を行う必要が生
じ、台湾企業はECFA前と変わらず、引き続き日韓と同等の条
件での競争にさらされることになる（交流協会, 2011）。
　こうした問題が残るものの、台湾企業は、中国とEPA/FTAを
締結していない日本や韓国などと比べて有利な条件で対日輸出

---

[6]　日本経済新聞、2011年9月13日。

や対日投資を行うことができるようになる。また、ゼロ関税が
適用されることで台湾で中国製品を安く入手できるようにもな
る。加えて、投資に関する自由化が部分的ながらも中台双方向
で進むことによって、中国との戦略提携に有利な環境が形成さ
れることになる。今後交渉が進展すれば、これらのメリットは
さらに拡大することが期待される。

　将来的にはASEAN諸国に日本、韓国、中国を加えたいわゆ
る「ASEAN＋3」による自由貿易協定の締結が模索されてい
るなか、ECFAを推進しない場合、中国が台湾と他国とのEPA/
FTA締結に対する牽制を続け、台湾が東アジア地域経済貿易か
ら孤立するリスクもある（交流協会, 2011）。

　これまで台湾の産業界・企業の視点でECFAのメリット・デ
メリットを論じてきたが、次節では、日本企業にとってECFA
後の台湾と中国との関係がどのような影響をもたらすのか、日
本企業へのアンケート調査の結果をもとに分析する。

ECFA後の台湾に対する日本企業の意識

　いうまでもなくECFAは台湾と中国との間の取決めであ
る。「合意は第三者を害しもせず益しもせず(pacta tertiis nec
nocent nec prosunt)」の原則からすれば、日本や日本企業は
ECFAから良くも悪くも直接的な影響を受けない。しかし、
ECFAは台湾や中国の企業の経済活動や企業戦略に大きな影響
をもたらすものであり、経済的に台湾や中国と密接な関係にあ

る日本の企業は、間接的にではあるが、相当大きなインパクト
を伴ってECFAの影響を受ける可能性がある。ECFA体制のもと
で日本企業がとるべき方策を探る前に、日本企業のECFAに対
する現状認識をここに確認していく。

　財団法人交流協会は、ECFAの日本企業への影響度の調査を
株式会社野村総合研究所に委託し、2010年10月末から11月中
旬までの間に日本企業20社に対して聞き取り調査をしている。
対象は、製造業11社、非製造業9社の計20社である。製造業の
内訳は、IC・LCDが6社、IT・家電が3社、自動車が1社、繊維
が1社である。非製造業の内訳は、商社が2社、飲食・小売・流
通が3社、金融・不動産・サービスが4社である。回答者は、
日本本社の中国・台湾事業の担当者であった。この調査は比較
的小さなサンプル数であるが、ECFAに対する日本企業の意識
についての定量調査はこれまでほとんど行われてこなかったの
で、このデータは日本企業のECFAに対する意見を集約してい
る貴重なデータであると言える。この調査結果は『両岸経済協
力枠組取決め（ECFA）の影響等調査報告書』として2011年2
月にまとめられている。

　結論から述べると、日本企業はおおむねECFAを好意的に捉
えており、中台両岸の投資・貿易の促進は、日本企業にとって
もプラス材料が多いと認識している。一方、同じ東アジアの経
済大国である韓国はどのように感じているのであろうか。2009
年5月30日に韓国の朝鮮日報は「韓国を猛追する中国と台湾」
と題するコラムを掲載し、中台経済の一体化をチャイワン(チ

ャイナ＋タイワン)と表現し、チャイワンが韓国企業にとって
脅威であると指摘している。中国の環球時報も同日に朝鮮日報
の報道を紹介し、韓国のIT企業が中国・台湾企業に押され気味
であると報じた。

　それに対して日本企業はチャイワンを脅威と捉えていない。
調査対象企業20社の内、チャイワンという言葉を知っている企
業は75％に上るが、チャイワンを意識し警戒する企業は15％
のみで、60％の企業はチャイワンを脅威と感じてはいない(図
1)。ただし、これはチャイワンの東アジア経済に対する影響を
過小評価しているものではなく、20社中の14社がチャイワンの
東アジア経済への影響の可能性を指摘し、うち7社がチャイワ
ンへの対応が必要と回答している。チャイワンの影響力を認識
しながらそれを脅威と感じない理由として、報告書は「台湾を
起点とする中国ビジネスの展開」や「台湾企業とのアライアン
スによる中国事業展開」を検討する際に日本企業はチャイワン
をプラス材料と考えているためと分析している。

　また、ECFAに限定してその影響を調査すると、60％の日本
企業がECFAには良い影響があると捉えており、さらに、ECFA
で日台アライアンスが活発化すると85％の日本企業が考えてい
る。また、ECFAをビジネスチャンスとして考えている企業も
75％に上っていることから、ECFAの影響については非常に好
意的に受け止めていることがわかる（図2、3）。

図1　「チャイワン」に対する日本企業の意識

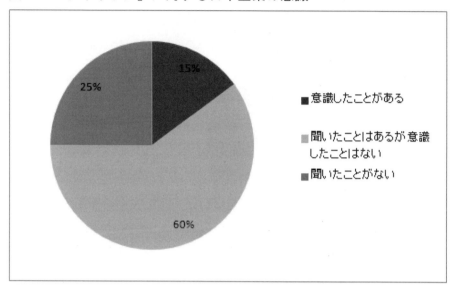

出典：交流協会(2011)

図2　ECFAの日本企業への影響についての意識

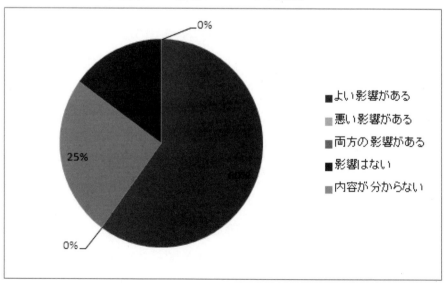

出典：交流協会(2011)

図3　ECFAをビジネスチャンスと捉えているか

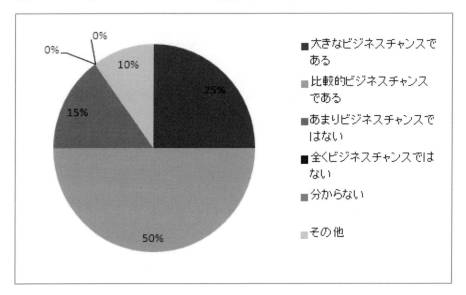

出典：交流協会(2011)

　ECFAが良い影響があると考えた理由としては、多い順に、「関税引き下げによる台湾拠点の対中輸出増」、「中国製品・部品の台湾への輸入緩和」、「中国製品・部品の価格低下による台湾における生産コスト低下」などが挙げられていた。日本企業は、関税引き下げと輸入品目の緩和によるメリットを良い影響の理由として指摘していると言えよう。

　現実的に、すでに日台アライアンスを行っている企業は45%に上っており、今後の日台アライアンスの実施予定としては、台湾企業との合弁や業務提携を通して台湾「以外」での事業展開を目指している。そして、ECFAを契機に、日本企業は、台湾から中国の既存取引先・新規取引先への輸出拡大や、台湾拠

点の拡大・機能変化を実施済み・決定済み、あるいは、実施の
検討中という段階である。

　さらに、日本企業が、台湾企業とのアライアンスを決めた理
由として、多い順に、「信頼性」、「ビジネスセンス(マーケ
ティング能力や国際性)」、「技術力」、「補完性」、「相手
先の台湾企業が中国に進出していた」といった理由が挙げられ
ている。日本企業は、台湾企業の意図に対する信頼や能力に対
する信頼をベースにして提携関係を望んでいることが分かる。

　韓国におけるチャイワン脅威論に対して、日本企業の意識は
楽観的にすぎるようにも思えるが、チャイワンの脅威に対して
日本企業はどのように備えているのであろうか。繰り返しにな
るが、今回の調査に回答した日本企業の60%がチャイワンを聞
いたことがあるが意識したことはないと回答している。また、
チャイワンへの対応については、60%の企業が理由は別として
対応の必要性を感じていない。調査によれば、チャイワンとい
う問題は、影響を受けやすい韓国が過敏になっているというこ
とで日本企業にはあまり影響がないという意識として現れてい
るようである。

　長期的に見れば、日本業と台湾企業との連携は日本企業の立
場を危うくする危険性がある。なぜなら、台湾企業が日本企業
との長年の提携関係による学習で日本企業の組織能力を吸収し
ていくことによって日本企業のコアとなる組織能力を代替でき
る可能性もあるからだ。いわば、Hamel(1994)が言う学習競争
的状況である。しかし日本企業は脅威しつつも能力的に台湾企

業を信頼している。むしろ、日台アライアンスでの学習競争的な局面よりも、それとは独立してチャイワンが進行していくことに注意を払っているようである。

　日本企業の認識の背景には、日本企業と台湾企業の経営資源は相互補完関係にあると考える。本調査でも、中台連携が進むなか、台湾企業を韓国は脅威に感じているのに対し、日本企業は脅威と感じず、むしろ対日進出時のビジネスパートナーと捉えている。それは今回の日本企業へのアンケート結果にも表れている(図3)。これらECFAをビジネスチャンスととらえる日本企業の多くは、台湾から中国への輸出や進出にプラスになると答えている(交流協会, 2011)。そこで次節では、日本企業と台湾企業の相互補完的な能力とはそれぞれどのようなものであるのかについて考察したい。

日本と台湾の相互補完性と東アジア諸地域の役割分担

一、日台アライアンスによる中国市場戦略に関する既存研究

　日本企業と台湾企業の協力そのものは、決して新しいものではない。言うまでもなく、東西冷戦下、日本は西側諸国の一員として、台湾に積極的な投資、技術移転を行ってきた。これは、日本から台湾へという関係であった。そこからさらに発展して、日本企業が国際展開していく際に、台湾企業とともに第

三国の市場開拓をしていくという新しい形態も提案されるように
なった(林・陳, 2011)。例えば、『日経ビジネス』を遡って
みると、すでに1970年の記事で日本企業と台湾企業が協力して
一緒に東南アジア市場へ進出するという記述が見られる(1970
年11月2日号)。また、1992年9月28日号でも、1980年代に起こ
った第一次の中国投資ブームで失敗した企業が再度投資を考え
る場合に、中国市場をよく知る合弁相手として台湾や香港企業
との提携もあり得るという見方を示していた。

　最近でも、リーマンショック前の2003年、2006年に、『日
経ビジネス』でパソコン、半導体などの産業の好調さを背景
に台湾企業に注目が集まっており日本企業との協力関係に注
目が集まった。ただ、2011年10月1日号の週刊東洋経済では、
ECFA発効後1年経過ということもあって、日本企業と台湾企業
が協力して中国市場へ進出するという事例がより一段と注目を
集めているのである。

　例えば、本稿で分析のベースとしている交流協会(2011)の報
告書では、日本企業が価格帯の高いラインの生産を担当し、台
湾企業や中国企業が価格帯の低いラインの生産を担当するとい
うことが、3者関係が国際的に競合にならず、相互に補完性を
活かすことができるという意味で、国際分業の理想型として指
摘されている。というのも日本に高価格帯のラインを残すこと
ができれば、国内の製造業の空洞化はある程度回避できるから
である(天野, 2005)。また、伊藤(2010b)は、レフォンチェフの
逆行列を用いて、中国企業が台湾からの調達を増やせば日本企

業は恩恵を受けやすいとしており、「3方良し」の関係が生まれる可能性を指摘した。

　そもそも、日台アライアンスは中国市場において日本企業が単独で進出するよりも生存率が10%程度高いという調査結果もある(Ito, 2009)。その理由として、次のような理由が考えられている。

　伊藤(2005)は、台湾企業と日本企業の経営資源の優位性が異なることから相互補完関係が発生しうるとしている。というのも、台湾企業は中国において(1)市場開拓、販売拡大、(2)部品調達、(3)情報収集・トラブル解決、といった面で優位性を保有しているからである(伊藤, 2005)。

　また、朱(2005)は、財団法人交流協会主催で行われた黄氏の講演内容をまとめ、日本企業は、(1)基礎研究、(2)優れた品質、(3)厳密なプラニング、(4)世界的ブランドの優位性、台湾企業は、(1)製品応用、(2)コスト抑制、(3)素早い対応、(4)中国市場での先発優位性、といった特徴があるとしている。さらに、朱は、中華圏のテストマーケットとして台湾を活用できるとしている。

　天野(2007)は、台湾企業の強みとして、(1)潜在市場開拓型の海外投資、(2)顧客企業のビジネスシステムへの浸透、(3)台湾型分業・協業システムの海外移管と集積化、(4)自律と分散の組織運営、があるとしている。

　廣瀬(2010)も、グローバル化で台湾人の活用をいかにうまく進めるかがかぎであるとしている。

　一方で、伊藤(2010a、2010b)は、台湾と日本の対中輸出品目が類似していることが長期的には競合度の高まりに繋がる可能性もあることを指摘している。日本政府、日本企業はその点についても一定の注意を払う必要があるだろう。

　ここまで見てきた研究では、台湾企業が持つ全般的な組織能力と特徴を元に、日本と台湾の企業のアライアンスの最適性を述べてきた。本稿では以下のようにビジネスアーキテクチャまで遡って、この本質を明らかにしたい。

二、製品アーキテクチャと製品コンセプトの多様性への対応

　日台アライアンスの根拠となる相互補完性について、製品開発論におけるアーキテクチャの概念を用いてその特徴を明らかにしよう。アーキテクチャとは、製品であれば、製品を様々な技術や部品から構成されるひとつのシステムとして捉えた時の技術や部品同士の組合せ方である。Henderson and Clark (1990)は、従来と同じ技術、同じ部品を用いていても、大きなアーキテクチャの変化が非連続なアーキテクチャル・イノベーションをもたらすことを指摘し、製品開発におけるアーキテクチャの重要性を指摘した。一般的にアーキテクチャには2種類の分類が指摘されており、ひとつは技術や部品間の複雑な調整を伴うインテグラル型（すりあわせ型）とひとまとまりの部品をモジュールとして独立性を保ち、モジュール間のインターフェースの仕様（デザイン・ルール）を事前に取決めておくことで、モジュール間相互の調整を伴わないモジュラー型という分類の仕

方、もうひとつは企業が開発したアーキテクチャを企業内に留めるクローズド型と、企業間でアーキテクチャを共有し分業を容易とするオープン型という分類の仕方がある。また、製品のアーキテクチャはそれを開発する組織構造のアーキテクチャとも対応する（延岡, 2006）。インテグラル型の製品開発を得意とする日本のエレクトロニクス企業は一般的に内部の組織も調整型であるのに対し、高度なモジュラー型開発を特徴とするエレクトロニクス産業では、1社1技術（あるいは1部品カテゴリー）に特化した中小企業がクラスターを形成していることが多い（長内, 2007）。

　先に述べたように、交流協会(2011)では、台湾ではハイエンド製品を生産し、中国ではローエンド製品を生産するという図式が役割分担として描かれており、ハイエンド製品は台湾から中国へと関税が減免されて輸出されるというモデルが描かれている。しかし、台湾のものづくりの特性を考えると必ずしもきれいに台湾と中国の棲み分けができないかもしれない。日本や韓国のエレクトロニクス産業はパナソニックやソニー、サムスン電子、LG電子など総合エレクトロニクスを企業中心としてなり立っており、組織内で製品システム全体をインテグラルに開発することができる。一方、台湾企業の強みは個々の企業が個別の技術や部品レベルの事業に特化し、それらが企業の垣根を越えて効率的に組み合わせるモジュラー型の事業システムを採っているところにある（長内, 2007; 長内, 2009）。このモジュラー型の特性は中国のエレクトロニクス産業にもあては

　まる。豊富な労働力と資金、巨大な市場の存在を考えると、同
じビジネスの構造（アーキテクチャ）を採るのであれば、より
スケールの大きい中国が台湾の産業を追い抜き、将来的に中国
にとってチャイワンが不要な状況が生まれるかもしれない。一
方、日本のエレクトロニクス産業も日本でハイエンド、中国・
東南アジアでローエンドというものづくりの棲み分けを狙って
いるが、日本はモジュラー型の効率の良いものづくりをマネー
ジする能力が台湾や中国に対して相対的に劣っている。この製
品とそれに対応する組織のアーキテクチャの違いが日台アライ
アンスの妥当性のひとつの根拠といえよう。

　もうひとつの妥当性の根拠は、日本企業の1st moverとして
の製品コンセプト創造力と、台湾の2nd moverとしてのフォ
ローアップ能力の相互補完性である。冒頭でも述べたように、
日本のインテグラル型のエレクトロニクス産業は、機能的価値
の頭打ちに直面しその効果を十分に発揮できずにいる。これま
でエレクトロニクス産業において機能的価値以外の価値向上が
重視されてこなかったのは、エレクトロニクス産業は相対的に
技術やアーキテクチャの変化が激しい分野であり[7]、日本の統

---

[7]　例えば、自動車産業ではハイブリッド車やEVの登場まで、ガソリンエンジン、ブ
レーキ、サスペンションといった基本技術や製品アーキテクチャは連続的なイノ
ベーション上にあったが、エレクトロニクス産業では、オーディオであれば、レ
コード、テープ、CD、MD、MP3、テレビであれば、ブラウン管、PDP、LCDのよ
うに、従来の技術やアーキテクチャとは非連続なイノベーションが度々生じてき
た。技術や製品アーキテクチャの変化が少ない分だけ、自動車産業の方が相対的
に意味的価値の創造を重視するようになったといえる（延岡, 2011）。

合型能力の高さ故に次々と機能的・性能的進化によって顧客創造が可能であったからである。しかし、行き過ぎた機能的価値向上競争が日本製品の過剰品質や日本市場のガラパゴス化を招いたとも言える。過剰品質とは機能・性能とコストのバランスがとれていない状態であり、製品システムの全てをインテグラルに作ろうとするために、効率よく外部資源を活用することができない統合型の問題点とも関連している。日本企業の不振は、日本企業の新しい製品コンセプトを創造する能力が落ちたからではなく、新たなコンセプトが生み出した価値とコストとのバランスが悪く、価値創造はできても価値獲得ができないことが主要因である。例えば、パナソニック・東芝の提案を中心に規格化された再生用DVDは、全世界で普及しているにも拘わらず、市場シェアは早期の内に台湾・中国企業に奪われてしまった。液晶テレビもシャープが長年に渡って液晶の研究開発を続けてきた成果であるが、現在では液晶パネル、液晶テレビともに市場シェア世界第5位に甘んじている。

　こうした状況を脱却するひとつのヒントはアップルのiPodやiPhoneの事業であろう。延岡(2011)はアップルのこれらの製品を高い意味的価値創造に成功した事例として紹介している。しかし、アップルの製品がいかに意味的価値を持っていたとしても、その製品価格が顧客の支払い意思額(willingness to pay)とマッチしていなければ、これだけの成功には結びつかなかったのではないだろうか。周知のようにアップルは、自らは製品コンセプト、デザイン、ユーザーインターフェースも含めたソフ

トウエア技術の開発に特化し、ハードウエアの設計・製造は、台湾のODM（設計・製造委託）を活用している。外部資源を活用しながら、製品コンセプトの独自性、一貫性に関わる部分については内部資源によって実現するというのがアップルの開発スタイルであり、同社の成功要因であると言えよう(長内,2010)。

　アーキテクチャの観点で言えば、日本・韓国はインテグラル型、台湾・中国はモジュラー型と分類できるが、製品コンセプト創造の観点で言えば、日本は1st moverであるが、韓国は台湾・中国と同様に2nd moverである。むしろ最近の台湾は、ASUSのネットブックやHTCのスマートフォンのように1st moverを指向する向きさえある。2 nd moverとしての韓国と台湾・中国の違いは、台湾は先発企業のコンセプトや技術の範疇で開発効率や生産性の向上を磨き上げて競争力をつけるのに対し、韓国は初期においては先発企業の模倣を行いながら、次第にインテグラル型の組織能力を活かして独自の製品進化を行う点にある。近年の事例で言えば、iPhoneのコンセプトはアップルが産みだし、1st moverとして市場に製品を投入して新たな顧客価値を創造した。その後、サムスン電子は同じスマートフォン市場に2nd moverとして参入し、やがてスマートフォンの製品コンセプトの独自の解釈や独自の技術開発によって、Galaxyシリーズを開発しアップルに肉薄する勢いをつけている。サムスンの2nd moverは単なる模倣ではなく、先発のリスクを低減しながらインテグラル型の開発能力を用いて先発企業

をキャッチアップする巧みな事業戦略と言える。つまり、換言すれば、日本企業が闇雲に技術開発を進めるのに対し、韓国企業は市場を見極めながら内部資源を効率よく活用している。このことが同じインテグラル型の特徴を持ちながら日本企業と韓国企業で明暗が分かれている理由であろう。

　アーキテクチャと製品コンセプトの先発・後発という2軸で日本・台湾・韓国・中国の違いを示したのが図4ある。モジュラー型で後発優位を最も実現できそうなのは、市場・労働力ともに豊富な中国であろう。また、インテグラル型の効果的開発と後発によるリスク低減のバランスが良いのが韓国である。一方、これまでインテグラル型で先発優位を狙い続けてきたのが日本である。しかし、これまで論じてきたように、機能的価値の頭打ちによるコモディティ化に直面し、従来の日本の開発スタイルだけでは通用しなくなってきている。台湾もまた、中国経済の台頭によって、これまでの台湾の優位性が脅かされてきており、先のASUSやHTCのように、先発コンセプトによる高付加価値戦略指向の模索を行う企業が現れてきている。すなわち、台湾のようなモジュラー型の効率性を必要とする日本企業に対し、台湾企業は日本のような高付加価値戦略に必要な製品コンセプト創造能力を必要としている。図4でいえば、左下の象限に日台アライアンスの相互補完性を見いだせるということである。これは、台湾が中国と日本の構造的空隙に位置する仲介者(Burt, 1992)であることが大きい。

図4　日台韓中における製品コンセプト・製品アーキテクチャ特性
　　の差異

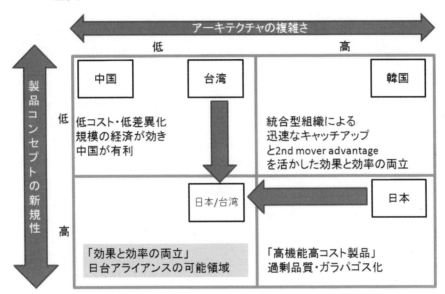

つまり、コストを低下させながら、顧客に大きな価値を提供
することで最大利益を得るという戦略は、日本企業にとっては
これまで真似したくても真似ができなかったことである。同時
に、台湾企業も単独では遂行できない戦略である。新たな価値
創造につながる製品コンセプト創造とモジュラー型の効率性を
両立しうる事業においては日台アライアンスを駆使するべきで
あろう。端的に言えば、先述のアップルのようなビジネスモデ
ルである。また、別の例で言えばWiiやNintendo DSが挙げら
れる。衆知の通り、任天堂は、エレクトロニクス技術そのもの
は保有していないが、新たな製品コンセプトを実現するために
外部の資源を活用し、効果と効率を両立させながら市場で成功

を収めている（延岡, 2011）。さらに言えば、これは、東アジア地域全体の多様性と補完性にも貢献する。つまり日台アライアンスにより、日本企業が最終製品市場で再び競争力を取り戻し、市場で韓国企業と競争することで、互いに切磋琢磨できる健全な市場と競争環境につながると考えられる。

　ここで留意したいのは低コストと低価格は同義ではないということである。iPhoneのようなタッチパネル・スマートフォンの製品形態と、折りたたみ式のかつて日本で主流であった携帯電話の製品形態では、前者の方が先進的なイメージがあるだろう。しかし、スマートフォンの製品形態は、折りたたみヒンジの機構や、折りたたみ部分に用いるフレキシブル基板、テンキーのスイッチ機構などが省けるため、折りたたみ式よりも部品点数を減らし低コスト化にも貢献している。こうした価値を毀損しない（むしろ価値を向上させる）低コスト化は経験豊富な台湾企業の得意分野であり、日本企業にとっても学ぶことが多い。日本企業は「安かろう、悪かろう」のローエンド商品を台湾に任せて、その見返りに日本のものづくりを台湾企業に教えてあげようという高飛車な誤解を決してしてはならない。台湾の効率化の技術やノウハウは日本企業のハイエンド商品にも活用できるものである。

　また、日台アライアンスは、日台の同質化を意味するものでもない。アーキテクチャには階層性があり、最終製品の性質がモジュラー型であるからといって、そのサブシステムとしてのコンポーネントもアーキテクチャもモジュラー型であるとは限

らない。その反対に、モジュラー型の汎用製品に独自の改良を
加えることで、低価格な汎用品をベースにインテグラル型の独
自製品を開発することも可能である（例えば、台湾メーカーの
デジタルプロセッサに日本企業独自のアルゴリズムを搭載した
テレビ用画像処理プロセッサなど（長内, 2009）。日台アライ
アンスと日本企業のモジュラー型開発への対応は、完全なモジ
ュラー型への移行を意味するのではなく、インテグラルなこと
は日本企業がやる、あるいはモジュラーの中にインテグラルを
埋め込むといった戦略の実践プランといえる。

　統合とは完全な同質化を意味する融合(fusion)ではなく
(Iansiti, 1993)、互いの違いを前提に両者の長所を組み合わせて
競争優位につなげるための調整である。日本は日本の、台湾は
台湾の、それぞれが持つこれまでの強みを磨きながら、協力で
きるところは協力することが望ましいといえる。今回紹介した
ＥＣＦＡに関する日本企業の意識調査では、サンプル数はさほど
多くないものの、本稿で述べたような日本と台湾の企業の実務
家レベルの連携可能性が推察される結果であった。

おわりに

　本稿では、何を残し、何を任せるのかという基準を示すとい
う視点で、ECFAを巡る日中台の経済関係を議論してきた。そ
の結論は次の2点である。第1点目は、技術的な難易度と新たな
製品コンセプトを創造する領域については、日本の巧みなすり

あわせ能力を活かして、これからも日本企業の強みとしていく
ということである。第2点目は、技術的な難易度は低いが、日
本企業のブランド力やコンセプト創造力を活かすことができる
領域については、日台アライアンスを駆使するべきであろうと
いうことである。

　また、日本と台湾は日本側の台湾窓口である財団法人交流協
会とカウンターパートである台湾の亜東関係協会とのあいだ
で、ECFAとは別個に「日台民間投資取決め（投資の自由化、
促進及び保護に関する相互協力のための財団法人交流協会と
亜東関係協会との間の取決め）」という実質的な投資協定の協
議を行い、2011年9月に締結している。日台民間投資取決めで
は、「投資家の内外無差別待遇」が定められ、日台間での投資
の内国民待遇、最恵国待遇の付与が双方の合意の下、明文化さ
れ、紛争処理メカニズムの整備がより進んだ。これにより、台
湾内での事業を目的とした対台湾投資はもとより、第三国、地
域、とりわけ中国への進出の足がかりとして台湾を活用する場
合においても日本企業にとってより安心、安全な環境が整備さ
れたと言うことができる。日本と台湾は正式な国交こそないも
のの、経済的な関係の歴史は古くから有り、今回の東日本大震
災では台湾で突出した額の民間義援金が集まったように、文化
的な交流もしやすい関係にある。本稿で示したように日本と台
湾はそれぞれ相互補完的なものづくりの特性を持ち、日台アラ
イアンスは日本のエレクトロニクス産業再興の足がかりとして
有望なオプションと言える。ただし、このオプションには有効

期限がある。それは、日本が早期に重篤なNIH症候群ともいえる自前主義を捨て、一方で、日本の従来からの強みは国内に蓄積し続け、早期に日本のメリットを、台湾をはじめとする諸外国のパートナー企業に示す必要があるということである。日本の産業がこれ以上弱体化して統合型ものづくりの蓄積まで失ってしまってからではすでに相互補完的なメリットを海外に対して示すことができなくなってしまうからである。

図5　組み合わせとすりあわせ相互の取り込み

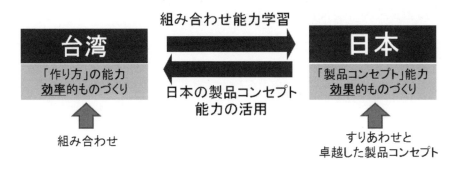

図6　世界のものづくり拠点としての東アジアの競争と協調

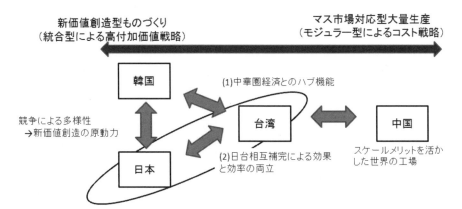

［謝辞］

　本稿執筆に当たり、調査データをご提供いただいた財団法人
交流協会の井上孝専務理事、赤堀幸子貿易経済部長、及び株式
会社野村総合研究所コンサルティング事業企画部川嶋一郎上級
コンサルタントの皆様、また貴重なコメントをいただいた国立
政治大学（台湾）の陳徳昇教授、亞洲協榮股份有限公司の李富
山董事長、城西大学の誉清輝教授、財団法人交流協会台北事務
所の佐味祐介副代表に厚くお礼申し上げます。又、本研究の一
部は、科学研究費補助金・基礎研究(A)(課題番号21243028、研
究代表者武石彰)の補助を受けている。

【参考文献】

天野倫文(2007)「台日サプライヤーの中国進出とアライアンス：国際化戦略における
　　能力補完仮説」『経済学論集』73(1), pp. 48-68。

＿＿＿＿(2005)『東アジアの国際分業と日本企業－新たな企業成長への展望－』有斐
　　閣。

伊藤信悟(2011)「台湾経済の現状と展望－何が総統選の争点となりうるか－」『交
　　流』財団法人交流協会（2011年7月、No.844）, pp.3-18

＿＿＿＿(2010a)「ECFAは日本の脅威か：日本の対中輸出への影響を考える」『みずほ
　　リサーチDecember 2010』、pp.11-12。

＿＿＿＿(2010b)「「チャイワン」の進展と日本企業への影響」『「日台ビジネスアラ
　　イアンス研究会」報告書』日本貿易振興機構海外調査部中国北アジア課、pp.16-
　　27。

＿＿＿＿(2005)「急増する日本企業の「台湾活用型対中投資」：中国を舞台とした日台
　　企業間の「経営資源の優位性」補完の構造」『みずほ総研論集2005年Ⅲ号』、
　　pp.1-35。

長内厚(2010)「製品コンセプト・イノベーション」日本経営学会誌編『経営学論集80
　　集・社会と企業』、pp.228-229、千倉書房。

＿＿＿＿(2009)「オプション型並行技術開発：台湾奇美グループの液晶テレビ開発事
　　例」『組織科学』Vol.43、No.2、pp.65-83。

＿＿＿＿(2007)「研究部門による技術と事業の統合：黎明期の台湾半導体産業におけ
　　る工業技術研究院(ITRI)の役割」『日本経営学会誌』Vol.19、pp.76-88。

長内厚・榊原清則(2011)「ロバストな技術経営とコモディティ化」『映像情報メディ
　　ア学会誌』Vol.65、No.8、pp.1144(28)-1148(32)。

長内厚・陳韻如 (2009)「台湾エレクトロニクス産業発展史」『国民経済雑誌』 Vol.

200、No. 3、pp. 71-83。

交流協会(2011)『両岸経済協力枠組取決め(ECFA)の影響等調査報告書』財団法人交流協会。

小寺彰(2010)「国際投資協定：現代的意味と問題点－課税事項との関係を含めて－」RIETI。

ソニー株式会社(2011)『アニュアルレポート2011』ソニー株式会社。

廣瀬俊(2010)「国際人的資源管理と日系企業の台湾活用に関する研究」『日本大学大学院総合社会情報研究科紀要』No.11、pp.173-181。

内閣府 (2011)『世界経済の潮流2011年Ⅰ＜2011年上半期世界経済報告＞』内閣府。

延岡健太郎(2011)『価値づくり経営の論理－日本製造業の生きる道』日本経済新聞出版社。

_____(2006)『MOT[技術経営]入門』日本経済新聞社。

朱炎(2005)『台湾企業に学ぶものが中国を制す』東洋経済新報社。

藤本隆宏・武石彰・青島矢一(2001)『ビジネス・アーキテクチャー製品・組織・プロセスの戦略的設計』有斐閣。

林祖嘉・陳徳昇 (2011)『ECFAと日台ビジネスアライアンス–経験、事例と展望エリートの観点とインタビュー実録-』印刻文學生活雜誌出版有限公司(台湾)。

Burt, R. S. (1992) Structural Holes: The Social Structure of Competition, Boston: Harvard University Press.

Hamel, G.(1991) "Competition for Competence and Interpartner Learning with International Strategic Alliance," Strategic Management Journal, Vol.12, pp.83-103.

Henderson, R.M. and Clark,K.B.(1990)"Architectural Innovation: The Reconfiguration of Existing Product Technologies and the Failure of Established Firms," Administrative Science Quarterly, Vol.35, No.1, pp.9-30.

Iansiti, M. (1993) "Real-World R&D: Jumping the Product Generation Gap," Harvard

Business Review, Vol.71, Issue3, pp.138-147.

Ito, S (2009) "Japanese—Taiwanese Joint Ventures in China: The Puzzle of the High Survival

　　Rate," China Information, Vol. 23, No. 15, pp.15-44.

Policy Discussion Paper Series, 10-P-024 (2010 年12 月), 全27頁.

[新聞・雑誌・ホームページ]

『週刊東洋経済』2011年10月1日号。

『日経ビジネス』1970年11月2日号。

交流協会「投資の自由化、促進及び保護に関する相互協力のための財団法人交流協

　　会と亜東関係協会との間の取決め」

(http://www.koryu.or.jp/taipei/ez3_contents.nsf/New/71E59C965688691A492579130013296

　　E?OpenDocument)（閲覧日：2011年9月25日）。

交流協会「海峡両岸経済協力枠組取り決め（ECFA）の概要及び付属文書（日本語

　　訳）」

(http://www.koryu.or.jp/ez3_contents.nsf/all/0C68CFF7924DAB434925777A002CB704?Ope

　　nDocument)（閲覧日：2011年9月25日）。

日本経済新聞2011年9月13日朝刊。

韓国企業の競争力と
日台アライアンスへの影響

金堅敏
（富士通総研経済研究所主席研究員）

―――――― 主な内容 ――――――

韓国企業の競争力が注目される背景

韓国経済・社会システムの変化

韓国産業/企業の競争力

韓国企業競争力の確認：フィールドスタディ

日台アライアンスへの影響

　韓国企業の競争力の源泉について世界中が注目している。日本では、その理由として韓国政府の支援、韓国内での独占的な産業構造、通貨ウォン安や割安な賃金・インフラ料金、政府のトップセールスとFTA締結等がよく取り上げられている。そこで、割安な「韓国コスト」の活用や韓国企業との戦略的提携を推進する動きが加速している。

　韓国の経済運営の成果や韓国企業の経営パフォーマンスは確かに日本を凌駕している。優れたパフォーマンスを収めたのは、制度的には1998年の通貨危機による構造改革や「協調」から「競争」社会への転換、技術的には1990年代以降のデジタル革命、市場要素では2000年代からの新興国の台頭が契機となった。また、韓国企業の競争力は、通貨ウォン安・賃金安などのメリットよりも韓国企業のグローバルネットワーク経営、オーナーだけに依存しないスピード経営、経営戦略をサポートする技術経営(MOT)、洗練された中間スタッフの存在などに見出すことができる。ただし、基礎的な研究力、グローバル人材が活躍できる企業文化が形成されなければ、これまで有効に機能してきた韓国企業の経営モデルは行き詰まってしまう可能性が高い。

　日本企業と韓国企業とはかなり補完関係にあり、技術マネジメントシステムや収益モデルを構築すれば、WIN/WIN関係になりうる。また、韓国企業のグローバル経営手法、迅速な意識決定が可能な組織の形成、中間層の意識改革、事業戦略と技術戦略の融合などについてそのノウハウを吸収できれば戦略的提

携はより有意義になろう。

　日本企業にとってはアライアンス相手が増えることで好都合となるが、台湾産業界にとってはビジネスチャンスが失われる可能性がある。台湾企業にはアライアンス能力或は魅力や、台湾当局には制度的な優位性を高め、日本企業を引き付ける対策が求められる。

はじめに

　日本企業から技術を導入し、或いは日本企業をベンチマークにしてきた韓国企業は、1998年のアジア通貨危機に伴う構造改革を契機に、グローバル市場で業績を大きく伸ばして台頭してきた。実際、韓国を代表する一部のリーディング企業のパフォーマンス(成長性や収益性)は、「先生」であった日本の同業者を凌駕するレベルまで達した。成長してきた韓国企業は、日本企業へのキャッチアップモデルから「卒業」し、新たな飛躍を模索する段階に入ろうとしている。

　日本では、韓国企業の競争力は韓国政府の支援、韓国内での独占的な産業構造、通貨ウォン安、割安の賃金水準や電気料金などに由来しているとよく耳にする。最近では、韓国政府による韓欧、韓米FTA推進で韓国企業の価格競争力がより優位に立つと多くの日本企業は懸念している。日本のマスコミも、一部の日本企業は、割安な「韓国コスト」の活用や韓国企業との戦略提携を推進するために対韓投資や、韓国のFTAを活用して対

韓ビジネスを加速していると報道している。

　確かに、上述した外部経営環境は、ある程度韓国企業の経営パフォーマンスに影響を与えている可能性はあろうが、海外市場における韓国企業の経営活動や韓国トップ企業へのヒアリング調査研究を通じて、筆者は、韓国有力企業の競争力はむしろこれら有力企業の経営革新に大いに由来しているように思われる。しかし、金融危機以降、規模拡大を続けている韓国企業の成長にも鈍化の兆しが見えてきており、現状の成長モデルに持続性があるのか否か、疑問を抱かざるを得ない。

　以上のような問題意識に基づき、本研究は、韓国経済や韓国企業の経営パフォーマンスを確認した上で韓国産業/韓国企業の競争力に関する一般的な認識を検証し、現地ヒアリングで確認した韓国有力企業の経営革新を分析して彼らの競争力の源泉と持続成長を成し遂げる上での課題を考える。

韓国企業の競争力が注目される背景

　日本では、近年韓国企業の競争力に対する関心が急速に高まってきている。背景にはマクロレベルの経済パフォーマンスにおいても、ミクロレベルの企業経営業績においても日韓両国の間の差がますます拡大していくとの懸念がある。

一、異なる日韓のマクロ経済パフォーマンス
　マクロレベルでは、バブル崩壊後、低迷したままの日本経

済とは対照的に韓国経済は平均して4％前後の成長を維持している。図表1が示すように、1995年が100とすれば2011年の韓国GDP（自国通貨ベース）は約307.5となり、3倍も大きくなった。この経済パフォーマンスは同時期に8倍近く拡大した中国経済ほどではないが、5.2％縮小した日本経済よりは遥かによい。いまのところ日韓経済パフォーマンスの差を縮める傾向は見られない。

　このような経済成長は同時に韓国国民の所得の向上をもたらしている。1995年から2011年にかけて韓国国民の一人当たりGDP(自国通貨ベース）は283％も伸びたのに対して、日本国民の一人当たりGDP（同）は7.0％も減少した。国民所得の向上は購買力の拡大を意味し、韓国国内市場は持続的に拡大している。

　韓国が高い経済パフォーマンスを収めるにつれて、世界から韓国の競争力への評価も高まってきている。スイス国際経営開発研究所(IMD)の国際競争力評価では、韓国のランキングは2007年の29位から2011年の22位に大きく上がってきている(同時期の日本の順位は、24位から26位に下がった)[1]。また、グローバル企業の投資先としての魅力を調査した米大手調査会社A.T.Kearney社の「FDI Confidence Index」では、韓国の順位は、2007年の24位から2011年の19位に上昇している(同じように、同時期の日本の順位は、15位から21位に下がっている)[2]。

---

[1]　IMD"World Competitiveness Yearbook"各年版を参照。

[2]　http://www.atkearney.com/index.php/Publications/foreign-direct-investment-confidence-index.html (2012年3月26日参照).

図表1　韓国の国内市場もまだ成長している

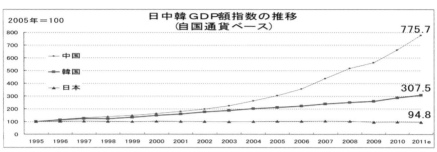

出所：IMFデータにより筆者計算作成

　ただし、韓国国内市場が持続的に拡大しているとは言え、GDP規模（2011年）では、1兆ドルを超えたばかりで中国の約7.3兆ドルには遥かに及ばず、日本の約5.3兆ドルを大きく下回る。したがって、グローバル企業が韓国に注目している理由は、市場の魅力よりもむしろ、台頭している韓国産業や韓国企業の競争力に大きな関心を寄せているのではないかと考えられる。

二、縮まる日韓の輸出シェア

　確かに、グローバル市場における韓国製品の競争力は強い。

　図表2が示すように、1999年から2010年にかけて世界輸出総額
に占める日本のシェアは、7.5％から5.1％までに縮小したが、
同時期に韓国のシェアは逆に2.6％から3.1％に拡大した。この
ような傾向が続けば、5年後には日韓シェアは逆転してしまう
可能性さえある。

図表2　グローバル市場における韓国製品の競争力は強い

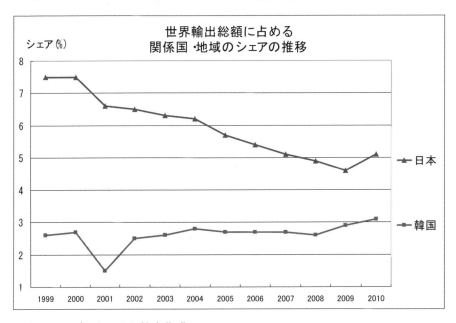

出所：WTOデータにより筆者作成

　図表3が示すように、日本の輸出シェアは先進国においても
新興国・途上国においても大きく低下しているが、韓国の輸出
シェアは先進国市場では変わらないのに対して、途上国では大
きく伸びている。先進国市場よりも新興国・途上国市場にお

いて韓国製品の競争力がより堅調に現れている。実際、米中2
大市場を見てみると、2000年から2011年にかけて米国の輸入
市場における日本のシェアは12.0％から5.8％まで縮小した一
方、韓国のシェアは3.3％から2.6％までの減少にとどまった。
他方、中国市場では、日本のシェアが18.4％から11.3％に大幅
に減少したのに対して、韓国のシェアは10.3％から9.4％まで
の小幅な減少にとどまった。

図表3　韓国は新興国・途上国で競争力が強い

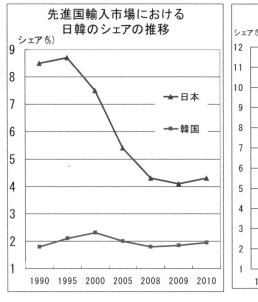
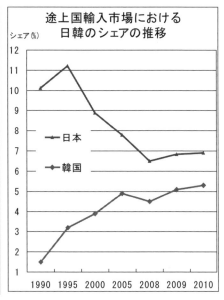

出所：IMF DOTデータより筆者作成

　ただし、日本と違って韓国産業の競争力を支えているのは、
少数の大企業である。図表4が示すように、売上高ベースで評

価した世界大企業のランキングである「Fortune Global 500」における韓国企業のランクイン数は、2005年の11社から2011年の14社へ3社しか増えなかった。2011年に米国、日本、中国の企業数はそれぞれ133社、68社、58社であり、韓国にとって企業数ではこれらの国々と大きな差がある。

　ただ、世界大企業ランキングに韓国企業数は少ないが、少数精鋭の部隊にはなっている。「Fortune Global 500」で順位が低下するか、不安定になっている日本企業の大部分と違ってこれらの韓国大企業のほとんどは順位を大きく上げてきている。例えば、トヨタ、パナソニック、新日鉄の順位は2004年の7位、25位、157位からそれぞれ2010年の8位、50位、173位と軒並み低下したが、韓国企業の現代自動車、サムソン電子、ポスコは2004年の92位、39位、276位から2010年の55位、22位、161位までに揃って順位を大きく上げた。

　しかも、これら韓国有力企業の膨張は収益性を確保した上で高成長を成し遂げている。図表5が示すように、2004年にはトヨタ自動車や新日鉄などの日本大手企業もそれなりの収益を上げていたので、韓国企業の経営パフォーマンスは良好であったものの、特に目立たなかった。しかし、6年後の2010年の売上高利益率や純資産利益率といった収益指標においては、韓国の有力企業はいずれも日本の同業他社より数倍の高収益を上げており、日韓有力企業間の経営パフォーマンスの差は歴然としてきている。

図表4　Fortune Global 500における主要国・地域の企業数の変化

	米国	**日本**	大陸(香港)		ドイツ	**韓国**	台湾	インド	ロシア	ブラジル
2011年	133	**68**	58	(3)	34	**14**	8	8	7	7
2010年	139	**71**	43	(3)	37	**10**	8	8	6	7
2009年	140	**68**	34	(3)	39	**14**	6	7	8	6
2008年	153	**64**	26	(3)	37	**15**	6	7	5	5
2007年	162	**67**	22	(2)	37	**14**	6	6	4	5
2006年	170	**70**	19	(1)	35	**12**	3	6	5	4
2005年	175	**81**	15	(1)	37	**11**	2	5	3	3

出所：グローバルフォーチュン500Web

図表5　日韓代表的企業の経営パフォーマンス

(2004年)

	パナソニック	サムソン電子	トヨタ自動車	現代自動車	**新日鉄**	ポスコ
売上高(億ドル)	811	716	1,726	464	315	209
純利益(億ドル)	5	94	109	15	21	33
売上高利益率(%)	0.7	13.2	6.3	3.2	6.5	15.9
総資産利益率(%)	0.7	14.1	4.8	2.7	5.7	14.3

(2010年)

	パナソニック	サムソン電子	トヨタ自動車	現代自動車	**新日鉄**	ポスコ
売上高(億ドル)	1,015	1,338	2,218	974	480	525
純利益(億ドル)	9	137	48	47	11	36
売上高利益率(%)	1.0	10.0	2.0	5.0	2.0	7.0
総資産利益率(%)	0.9	11.5	1.3	4.5	1.8	6.0

出所：グローバルフォーチュン500 Web

　近年、韓国企業は日本企業の目に「脅威」と写っている。か
つて自分の「弟子」に業績を逆転されたのである。

　戦後、韓国の経済モデルは基本的に日本を手本にして構築された と言える。例えば、政界、財界、官僚による「鉄のトライアングル」が形成され、官主導の産業振興を推し進めてきた。日本の経済や産業に関する法規や政策も韓国に大いに導入されてきた経緯があった。実際、図表6が示すように、韓国の有力企業はほぼ例外なく日本企業の支援によって成長したのである。したがって、企業経営のモデルも日本企業を「先生」とした。これらのパートナー企業による支援とともに、生産管理や品質マネジメント、サプライチェーンの構築などにおいては、日本能率協会などの業界団体やコンサル会社も支援に乗り出していた。

図表6　日本企業の支援を受けた韓国企業の事例

会社	設立年度	支援企業
サムソン電子	1969年	三洋電機/ＮＥＣ
ＬＧ電子	1958年	アルプス電気
現代自動車	1967年	三菱自動車
ポスコ	1968年	新日本製鉄

出所：ソウル大学金顕哲教授の講演資料

韓国経済・社会システムの変化

　しかし、アジア通貨危機に伴うIMF支援プログラム(IMFの支援に伴う構造改革)は、韓国の経済・社会システムに変化をもたらし、国の経済運営モデルや企業経営モデルは、日本モデル

から米国モデルにチェンジせざるを得なくなった。このような
システム変化に加え、1990年代のグローバル化やITの普及は韓
国経済・産業に転機をもたらした。

一、韓国経済/産業の転機

　韓国経済社会の変化の一つの特徴は「協調」から「競争」へ
の変化である。つまり、協調社会から競争社会へ生まれ変わっ
たと言えよう。企業経営も、リストラを徹底し、人事管理シ
ステムには中途採用、能力主義、年俸制などを取り入れた。ま
た、MBOなどによる民営化なども盛んになり、企業の資本構
成やガバナンスシステムもより米国モデルに近づいてきてい
た。

　次に韓国経済に転機をもたらしたものとして、1990年代後
半からデジタル時代へ突入したことがあげられる。モジュール
化、速いイノベーションのサイクル、中レベルの品質などの特
徴から、韓国の経済・社会は、デジタル時代の産業モデルに親
和性があると言われている。

　さらに、韓国経済にもっとも重要な転機をもたらしたのは、
新興国の台頭である。図表7が示すように、高い経済成長を維
持する新興国は、中間層の拡大を背景に注目を集めた。

　急拡大する新興国のニーズは韓国の産業構造・製品構造にか
み合っており、韓国政府や韓国企業も新興国・途上国のニーズ
をうまく取り入れることができた。中国やインドにおけるサム
ソン電子・LG電子の快進撃や中近東、中印における現代自動

車の快走は代表的な事例である。

図表7　新興国・地域の中間層人口推移

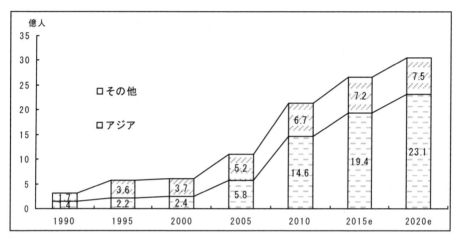

注：1) 中間層の世帯可処分所得＝5,000ドル以上〜35,000ドル未満。
　　2) アジアは中国、インドなど11ヵ国・地域、その他は、トルコ、南アフリカな
　　　ど16ヵ国。
出所：『通商白書』(2011年)

二、知的インフラの形成

　若者は競争を勝ち抜くために有名大学や海外の大学へ積極的
に進学・留学している。例えば、図表8が示すように、米国に
おける韓国人留学生は中国、インドに次ぐ7万3千人超となって
おり、日本人留学生の2万1千人の4倍弱となっている。他方、
市場が急速に拡大している中国における韓国人の留学生も6万
2千人を超えており、日本人留学生の1万7千人よりはるかに多
い。

　これらの留学生は韓国の産業や企業が発展するためのソフト
インフラとなり、グローバル化を推進する原動力ともなった。
もちろん、理論的には国籍と関係なくグローバル企業はこれら
の留学生をすべて採用できるが、言葉や文化、歴史などの背景
から母国の産業/企業にとっては有利に働くことに疑いはなか
ろう。

図表8　米中における関係国留学生の状況

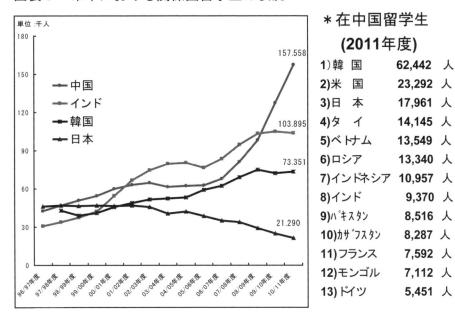

*在中国留学生
(2011年度)

1)韓　国	62,442	人
2)米　国	23,292	人
3)日　本	17,961	人
4)タ　イ	14,145	人
5)ベトナム	13,549	人
6)ロシア	13,340	人
7)インドネシア	10,957	人
8)インド	9,370	人
9)パキスタン	8,516	人
10)カザフスタン	8,287	人
11)フランス	7,592	人
12)モンゴル	7,112	人
13)ドイツ	5,451	人

出所：IIE、中国教育部

　このように、韓国の経済社会は活用可能な人材リソースが豊
富なことに加えて、通貨危機以降、韓国の技術開発に対する執
念も強くなった。図表9が示すように、2000年以降韓国企業が

設置したR&Dセンター数は急速に増加してきている。韓国で
は、企業R&Dセンターが政府によって認定されれば、税制優
遇などのインセンティブを受け入れられるので、これらの優
遇措置を目当てにR&Dセンターが設置されたことも否めない
が、技術力向上に貢献していることも確かである。

図表9　政府認定の技術センターが急増

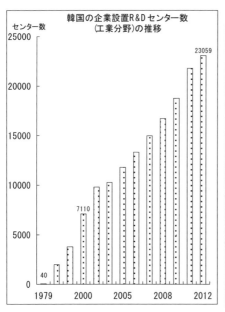

韓国企業の分野別R&Dセンター数

	大企業	SMEs	合計
電子・電機	385	9,696	10,081
機械	276	4,296	4,572
化学	252	3,011	3,263
建築 エンジニアリング	107	1,312	1,419
食品加工	55	468	523
繊維	21	355	326
その他	83	2,742	2,825
合計	1,179	21,880	23,059

出所：韓国産業技術協会

韓国産業/企業の競争力

　以上見てきたように、アジア通貨危機以降韓国の経済社会・
産業システムは大きな変化を遂げ、グローバル市場における韓

国企業の台頭が著しくなってきた。しかし、前述したように、日本では、韓国企業の競争力は、安い賃金、通貨ウォン安、安い電力料金などの低インフラコスト、韓国政府によるFTA推進で得た安い関税負担など、韓国企業の価格競争力に依存しているのではないかと見る向きがある。ただし、筆者は、もっぱら外部経営環境に競争力の源泉を求めるのは、問題の本質を見落としてしまう可能性があると考える。なぜなら、韓国企業は、賃金急上昇など日本企業より重い経営負担を強いられている側面もあるからである。

一、韓国企業の競争力を説明できないウオン安効果

　日本では、韓国企業の競争優位性として特にウオン安効果が広く認識されているようである。しかし、以下で検証するように2000年代以降に高まってきた韓国企業の競争力は必ずしもウオン安に基づいているわけではなかったことは明らかである。

　経済的な視点で競争力を見る場合、輸出競争力はそれぞれの国のインフレ率によって影響を受けるため、一般に用いられる名目の為替レートを自国と主要な貿易相手国とのインフレ率の差で調整した実質為替レートを求め、輸出ウェイトを各年毎に更新する連鎖指数方式で算出した実質実効為替レートを実際の国際競争力の推移などを見る場合に用いる。国際決済銀行(BIS)は、毎月、関係国の実質実効為替レートを計算して公表している。

図表１０　日韓実質実行為替レートの推移

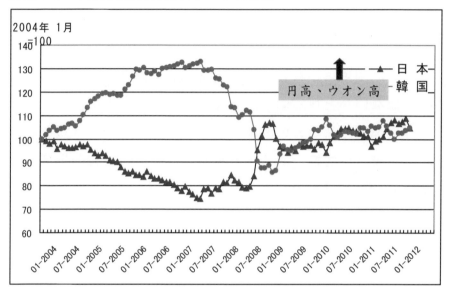

出所：BIS

　例えば、図表10が示すように実質実効為替レートで見た場
合、韓国ウォン安のメリットは見出せない。2008年の世界金融
危機までは円安・ウォン高の「ダブルパンチ」を受けたにも関
わらず、競争力を強化した韓国企業の台頭は著しかった。逆に
日本企業は円安のメリットで「好況」を満喫していた。金融危
機以降の為替調整を除き、2000年年初と比べ、著しい円高・ウ
ォン安傾向は確認できない。つまり、安い為替で韓国企業の競
争力が強化されたと考える理由は見出せないのである。

二、低コストの優位性を相殺する労働コストの上昇

　日韓輸出のコスト競争力に、より大きな影響を与えているの

は労働コストとなろう。確かに、図表11が示すように米ドルベースで見ると、日韓の間で労働コストの絶対額の差は存在している。そして1999年に韓国の単位労働コストは日本の約1/3前後であったが、金融危機直前の2007年では78％まで縮まった。金融危機後の円高で再び50％になった。しかし、輸出好調のドイツと比べると、日本企業の負担は軽いだろう。

図表11　独米日韓製造業時間当たり労働報酬の推移

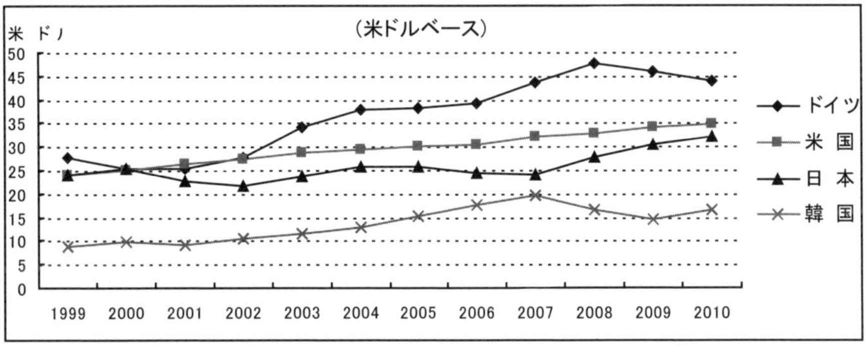

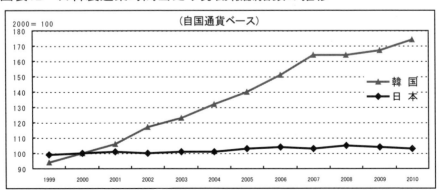

出所：米労働省データにより筆者作成

図表12　日韓製造業時間当たり労働報酬指数の推移

出所：米労働省データにより筆者作成

　図表12が示すように日韓両国製造業の労働報酬上昇のトレンドで見ると、2000年から2010年にかけて韓国製造業の単位労働報酬は70％以上も上昇したのに対して、同時期に日本は3％しか上昇していなかった。つまり、マクロ的に見て、韓国企業は逆に日本企業より70％余分に賃金負担を強いられているのである。日本企業が懸念しているウォン安やFTAによる関税効果、法人税率の差に由来している韓国製品のコスト競争力は労働コストの上昇によってかなり相殺されてしまう可能性が高い。

三、韓国企業競争力の一般分析

　それでは、韓国企業の競争力の源泉はどこから来ているのか。近年、韓国産業/企業の競争力について様々な分析が行われている。例えば、筆者がファシリテータを勤めている「日本CTOフォーラム」第2分科会では、2011年9月14日にサムソンSDIの役員に「サムソンの企業文化とグローバル戦略」について講演を依頼した。その要点をまとめると、韓国産業の競争力は概ね以下のようなものとなった[3]。

＊韓国産業競争力の強み：財閥系の筋肉体質
　・トップダウンのプロセスと迅速な意思決定
　・効果的なマーケティング活動と商品デザインの重視
　・新興国市場への積極的進出

---

[3] 日本CTOフォーラム『第6期報告書(合本)』(2012年3月)を参照。

・技術力とブランド力の向上

・ウォン安基調による輸出産業のメリット

などである。

もちろん、韓国産業にも弱みはある。

＊韓国産業競争力の弱み：川上部門の脆弱性

・短期成果を期待する基礎研究部門の脆弱性

・長期間にわたって産業育成に油断した素材・装置産業の脆弱性

・「独自技術」に欠ける中小企業の脆弱性

などが挙げられていた。

　また、当役員からサムソングループの一社の役員としてサムソン電子の競争力の源泉についてもお話を聞かせてくれた。おおむね、以下のようにまとめられる。

＊サムソン電子の競争力をもたらす要因

・貪欲な学びの精神

・徹底したベンチマーク：パナソニックなどをターゲットに

・地域密着型のマーケティング戦略：地域専門家の育成

・競争を引き起こす仕組みと競争意識

・グローバル人材の確保

・経営者(CEO/役員)に対するルール化(特に責任規定の明確化)

＊サムソン電子に残された弱点

・独自研究より対外依存：基盤技術の外部依存

・従業員・スタッフの間での情報の非共有

・社内育成よりも外部人材の登用志向

などがあげられている。

　また、図表13が示すように、長年韓国の産業/企業の情報収集や調査分析を続けてきたジェトロも韓国企業の競争力に関する報告資料を出している[4]。この報告書は、SWOT(強み、弱み、機会、脅威)の分析枠組みに基づき、韓国企業の競争力を内部要素と外部環境にわけて分析した。リストアップされた韓国企業の強みと弱みを吟味すると、その内容は、これまで世の中で広く認識されている内容と一致しているように思われる。

　つまり、韓国企業の強みは、内部では迅速な意思決定システム、コスト・パフォーマンスのよさ、積極的なマーケティング活動など、外部ではウオン安効果、新興国市場の台頭、FTAなどの政策効果などであり、韓国企業の弱みは技術力不足と外部への依存体質である。報告書では、人的要素が競争力にいかなるインパクトを与えているのかの分析が欠けていると言わざるを得ない。

　さらに、日韓の研究開発力に関する評価(アンケート調査)も、社団法人　研究産業・産業技術振興協会によって報告されている。図表14が示すように、日本側の自己評価では、研究開発分野で日本企業の優位性は明白であるが、マーケティング分野、グローバル人材の数、海外との関連に関しては韓国企業の強みが突出している。

---

[4]　ジェトロ　「存在感高める中国・韓国企業」2010年4月21日、http://www.jetro.go.jp/news/pdf/2010/data100421.pdf　2012年3月参照。

図表13　ジェトロによる韓国企業に対する競争分析

	強み	弱み
内部要素	・日本企業より手ごろな価格設定 ・現地ニーズに合わせた製品の開発 ・積極的な広告宣伝 ・新広告市場中心にブランド化に成功 ・迅速な意思決定 ・向上した品質 性能 ・開発生産の早さ ・幅広いラインアップ ・重点地域を重視した地域戦略 ・世界の有力企業とのアライアンス	・オリジナル技術の不足 ・耐久性 制度の不足 ・規制への対応の遅れ ・革新的部品や製造装置の日本へ 　の依存
	機会	脅威
外部環境	・2008年5月以降のウォン安 ・新興国市場の成長 購買力向上 ・首脳外交によるトップセルス ・FTAネットワークの拡大	・より低価格の中国製品の台頭 ・現地中古品との競合

出所：ジェトロ資料

図表14　日韓研究開発力に関する評価

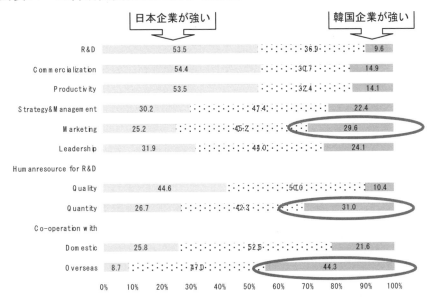

出所：日本CTOフォーラム資料（データ：（社）研究産業・産業技術振興協会JRIA
22）

四、経営革新のパフォーマンス

　以上のように、韓国企業は、ブランド力の欠如、技術力不足、製造装置や部品の対日依存といったハンディを抱えながら、マーケティングで利益を確保する戦略に取り組み、また台頭する新興国へタイミングよく取り掛かったので、競争力が強化され、グローバル市場で注目されるようになった。確かに海外の消費者による韓国製品に対する評価も日本製品と互角になっている。

　図表15が示すように、中国の北京・上海やインドのムンバイ・デリーの消費者に対する博報堂の調査データによると、日本製品の品質はダントツの最上位に評価されているが、デザインやモデルの革新性、コスト・パフォーマンスの面では韓国製品に負けている可能性がある。中国やインドにおいて、価格にこだわらずもっぱら品質を求める数％のハイエンドユーザーは日本製品に目を向けるかもしれないが、流行に敏感でコスト・パフォーマンスにこだわる中間層や若者は韓国製品を好むのではないかと考える。

　他方、前述したように、技術力不足のハンディを克服するための開発力強化策も実を結んでいるように思われる。例えば、GDP当たりの国内発明特許申請数で評価する場合、韓国は日本を押さえて世界トップになっていることが世界知的財産権機関(WIPO)の調査で明らかにされている(図表16を参照)。もちろん、特許申請の急増は日米欧からの特許主張への対抗戦略としての表れであることや、基幹特許よりも周辺特許を多く取って

いることも否めないが、盛んなイノベーションによって生産性が高まっていることも確認できるので、その努力は評価しなければならない。

図表15　Made in Korea vs. Made in Japan

『日本製品に対するイメージ調査：GbbalHABIT調査』

単位：%

（上海 北京）	日本製品	欧州製品	米国製品	韓国製品	中国製品
高品質	55.4	29.8	27.1	28.3	34.8
かっこいい	35.1	32.1	35.2	42.0	22.0
活力を感じる	34.1	35.8	37.1	38.1	48.1
コストパフォーマンス	13.3	12.3	12.7	24.3	44.4

単位：%

ﾑﾝﾊﾞｲ・ﾃﾞﾘｰ）	日本製品	欧州製品	米国製品	韓国製品	中国製品
高品質	61.7	43.0	34.9	36.3	44.6
かっこいい	31.5	31.1	47.1	37.7	40.5
活力を感じる	45.7	35.7	43.2	38.0	41.9
コストパフォーマンス	30.4	35.5	31.3	32.1	41.2

出所：博報堂（2009年1月）

図表16　関係国10億ドルＧＤＰあたりの国内発明特許申請数

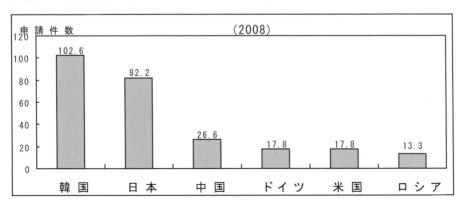

出所：WIPO

　実際、図表17が示すように、韓国の労働生産性の伸び率
は日本を凌いでおり、労働生産性に対する技術（TFP：全要
素生産性)の貢献度も日本より大きい。韓国が革新的な経済
(innovative economy)になっていることが伺える。

図表17　高い労働生産性と技術（TFP）の役割

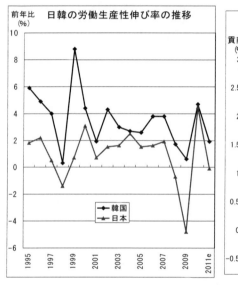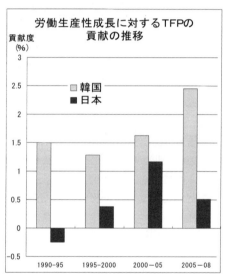

出所：OECD、APO

韓国企業競争力の確認：フィールドスタディ

　このように、マクロ的に韓国経済の好調さはミクロ分野にお
ける韓国企業の競争力によって支えられていることが明らかに
なっている。しかし、世の中の通説は必ずしも現実が反映され

ているとは限らない。「百聞は一見にしかず」で現地を訪問し
自分の目で韓国企業の強力の源泉を確かめることとした。

一、フィールドスタディの概要

　訪問した企業は、LG電子(LG生産技術研究所PERI)、ポス
コ、SK Holdings、暁星グループ及び韓国CTOクラブなどであ
る。現地調査の詳細な記録については、『日本CTOフォーラム
第6期報告書』を参考にされたいが、確認できた要点は以下の
とおりである。

（一）経営のグローバル化が進んでいること

　韓国企業にとって自国市場は小さく、労働力供給や資源・素
材供給も限られているので、企業規模の拡大は海外市場に求め
るしかない。中でも生産のグローバル・ネットワーク化と市場
のグローバル化がもっとも進んでいるが、研究開発のグローバ
ル化は企業によって大きな差があり、サムソン電子やLG電子
のような一部の先進企業を除いて、全体としてまだ韓国中心の
研究開発活動を展開している。

（二）成長の転換期にさしかかっていること

　世界金融危機を契機に急成長してきた韓国企業の多くは、現
在のビジネスポートフォリオで高成長を持続しつづけることは
できなくなると見て、次の飛躍に必要なエンジン捜しに苦労し
ているようである。

　調査した韓国企業の大部分は、将来の新規産業としてエコ/エネルギー、バイオ、ヘルスケアにあると口を揃えている。

　また、これまでの、市場攻略に経営戦略の重点を置いていた経営手法に加え、技術力を成長のエンジンとする戦略が明確になってきている。つまり、市場ベースの成長戦略一点ばりから市場ベースと技術ベースの両輪で成長を支えていく戦略に変わってきている。

（三）技術経営（MOT）を効果的に展開していること

　事業戦略と技術戦略の兼ね合いにおいて、韓国企業では基本的に事業戦略が優先されている。また、経営戦略の中心としての事業戦略が決定されれば、次の技術戦略は、1)M&Aによるか、2)外部からのライセンスによるか、3)自社R&Dによるかを比較検討して決定すると口を揃えている。

　また、韓国企業の研究開発活動は単に要素技術の開発に止まらず、会社のM&A活動及び外部からの技術ライセンス活動を技術的な側面からサポートするまで拡大しており、R&D部門と事業部門との連携が日本企業より密接になっている。

（四）R&D活動の中心はまだ生産技術の開発D段階にあること

　訪問した韓国企業のR&D活動は商品開発、生産技術の開発、計測技術や製品の開発、設計に重点が置かれている。したがって、事業部門との連携が非常に強い印象を受けた。品質、安全性、コスト・パフォーマンスには丁寧に取り組んでいる。

例えば、R＆DセンターもR＆DBと呼んでいるのが印象的である。日本企業のR(リサーチ)からD(開発)、そしてB(事業)へのアプローチとは異なり、まず、B(事業戦略)から、そしてD(開発)への発想である。ただ、現地調査でR(リサーチ)に関する話題があまり出なく、これからRに取り組むという感じである。

（五）遅れているR＆D活動のグローバル化

　前述したように、市場や生産のグローバル化と比べ、R＆Dのグローバル化はサムソン電子のようなごく少数の大企業を除いて遅れていると言わざるを得ない。例えば、今回訪問したポスコ、暁星グループ、京信などでは、生産や市場のグローバル化が進んでいるにもかかわらず、リサーチは言うまでもなく、技術サポートでさえも韓国国内で行っている。

（六）多様なヒューマンリソースマネジメント(HRM)

　日本CTOフォーラムでの勉強会で聞かされたサムソンの人事マネジメント環境は、ドライで厳しいものであると感じた。例えば、社員の平均在籍年数は7.9年であるが、これは社内の厳しい競争環境を反映していよう。このような厳しい緊張感があってはじめて韓国企業の競争力は強くなったと感じさせられた。

　しかし、実際、すべての韓国企業において社員同士が厳しい競争環境に直面し、人事管理もドライで厳しいものではないことが現地調査で分かった。例えば、ポスコは、本社ビルの中で

大きなリフレッシュ空間を設け、精神的な英気を養い、創造力を発揮してもらうように取り組んでいる。また、LG電子の生産技術センターも研究スタッフの育成計画やリフレッシュ休暇制度を充実している。

　実際、韓国企業と言っても画一な制度を実施しているわけではなく、多種多様なヒューマンリソースマネジメントを実施していると確認できた。ただ、韓国では、研究開発要員に対して給与やポストと言ったインセンティブに関して注意が払われているのも事実である。この意味で韓国では日本以上にインセンティブメカニズムの確立が重要であると考えられている。

（七）政府と連携が強い

　調査した企業においては、自社の研究開発活動を政府の産業技術政策と符合させることを目指している。実際、2010年8月に韓国政府が打ち出した「10大コア素材WPM（ワールド・プレミア・マテリアル）」というナショナルプロジェクトに韓国の有力企業が揃って参加している。例えば、親環境スマート表面処理鋼板（統括企業はポスコ）、輸送機器用の超軽量マグネシウム素材（ポスコ）、エネルギー節減・変換用の多機能性ナノ複合素材（LG化学）、超高純度シリコンカーボン素材（LGイノテック）、高エネルギー二次電池用電極素材（サムスンSDI）、炭素低減型ケトン系プレミアム繊維（暁星）などの話は事例調査の中でも聞かれる。

　また、図表8で見たように、韓国政府は、企業R&Dセンター

の認定を通じた企業の研究開発活動に対する財政的、技術的な支援を拡大している。韓国の企業R&Dセンターが急増している背景には、これらの支援があることを現地調査で確認している。

二、確認される韓国企業の競争力の源泉

　以上で見てきた海外市場における韓国企業の経営パフォーマンスの検証や韓国トップ企業へのヒアリング調査研究を通じて、筆者は、韓国企業の競争力は企業内部の経営力に依存しているように考える。中でも、グローバル経営力、スピード経営力、技術経営力(MOT)はもっとも重要な競争力の源泉になっているのではないかと考えられる。

（一）グローバルなネットワーク経営力

　韓国企業にとって自国市場が比較的小さく、労働力供給や資源・素材供給も限られているので、企業の成長は海外市場に求めるしかない。しかし、このような制約はむしろ韓国企業のグローバル経営に踏み出す原動力になっている。日本企業の間では、自国の少子高齢化が自社の成長に不利であると暗い話がよく聞かれるが、同じ自国の少子高齢化に直面している韓国企業の間ではこのような話はあまり耳にされない。なぜなら、韓国の有力企業が想定している市場範囲は世界全体で、グローバルで市場を捉えた場合、人口は増加する一方(現在の67億人から2050年は92億人に拡大する)だからである。

　図表18が示すように、韓国企業経営者の経営課題に対する認識においてグローバル経営は現在の課題としても将来の課題としてもトップ3にランクインされている。グローバル経営に対する日本企業の経営者の意識とは大きな差がある。

図表18　日韓企業の経営課題に対する認識

現在の経営課題		将来(5年後)の経営課題	
日本企業	韓国企業	日本企業	韓国企業
1. 売上高・シェア拡大	1. 売上高・シェア	1. 収益性向上	1. 新製品/サービス/事業開発
2. 収益性向上	2. 収益性向上	2. 売上高・シェア拡大	2. 売上高・シェア拡大
3. 人材強化	3. グローバル経営	3. 人材強化	3. グローバル経営
4. 新製品/サービス/事業開発	3. 品質向上	4. 新製品/サービス/事業開発	4. 企業の社会的責任(CSR)
5. 顧客満足度の向上	5. 顧客満足度	5. グローバル経営	5. 収益性の向上
6. グローバル経営	6. 新製品/サービス/事業開発	6. 顧客満足度の向上	5. 顧客満足度の向上
7. 技術力の強化	6. 人材強化	7. 技術力の強化	7. ブランド価値の向上
8. 品質向上	8. 技術力の強化	8. 事業再編	8. 人材強化
9. 財務体質強化	9. ローコスト経営	9. ブランド価値向上	9. 技術力の強化
10. 現場の強化	10. 財務体質強化	10. 品質向上	9. 品質の向上

出所：JMA「日中韓　経営課題に関する合同調査2011」

　実際、現地で調査した韓国企業、サムソン電子、LG電子、暁星グループ、ポスコの海外売上高比率(2010年)は、それぞれ総売上高の約83.5％、87.0％、70.0％、35.2％となっている。

　したがって、日本市場を軸にしている大部分の日本企業の経営と違い、韓国企業は常にグローバル・ネットワーク経営を余儀なくされており、サプライチェーンマネジメント、市場戦略、労務管理に関しては常にグローバルなアプローチで取り組まなければならない。サムソン電子の「地域専門家育成制度」もこのようなグローバル経営戦略から生まれる発想であろう。特に、新興国などの成長市場への感性も日本企業より身についている。また、高い語学力が日本企業より要求されているのも理解されよう。

（二）オーナーだけに依存しないスピード経営力

　日本では、韓国企業の意思決定の迅速さはオーナー企業だからであるとよく言われる。オーナー企業の意思決定は日本のワンマン企業と同様に鶴の一声で決めていると理解されているかもしれない。しかし、アジア通貨危機を契機に韓国企業(特に、財閥企業)のオーナー経営は批判の的となってしまった。つまり、企業がオーナーによって排他的に支配され、合理的な意思決定過程を経ず経営者(オーナー)の独断的な意思決定による過剰投資やリスクのある事業への進出がされ、経営の健全性が阻害されていたわけである。

　通貨危機後に行われた構造改革は、韓国企業の所有構造を多

様化させており、市場経済に合致したコーポレートガバナンス
構造に変身させ、意思決定はオーナー個人に頼るより経営トップ
(チーム)によるようになりつつある[5]。例えば、図表19が示
すように、かつて政府の出資があったポスコは完全に民営化さ
れており、外国株主が多く、その株主構成は非常に分散化され
ている。

図表19　ポスコの株主構成（2010年末）

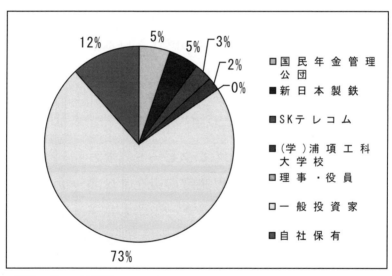

出所：ポスコ決算書

---

[5] 通貨危機後もオーナー一族による内部統制の現状はあまり変わっていないという
　見方もある(梁先姫『韓国財閥の所有構造の変遷とコーポレート・ガバナンス』)。

　仮に、オーナーが経営トップに立っている場合にも、オーナー(経営トップ)が迅速に決定できるように、経営スタッフによる完成度の高いストーリーを用意する必要がある。技術の進歩や事業のグローバル化でオーナーだけではなくプロの集団も加わった経営が実現されない限り、オーナーの誤った判断で企業は瞬く間に頓挫してしまう可能性が高い。実際、事務局化している一部の日本企業の経営戦略室や社長室と違って、私たちが訪問した韓国企業の経営戦略担当役員や経営戦略室のスタッフは相当洗練されており、自社の経営戦略についてロジカルに語ってくれた。

　また、韓国の有力企業はすでにグローバルな巨大企業になっており、スピード経営を実現するためには、企業組織の透明性(権限・責務の明確化等)と構成員全体の迅速な判断と行動が必要である。日本企業のボトムアップの意思決定プロセス(現実には日本企業は必ずしも円滑な下意上達の組織になっていない)と比べ、韓国企業ではトップダウンの意思決定プロセスと風通しのよい組織、迅速に行動する構成員がうまくかみ合っているように感じられる。実際、韓国企業の現場では「Fast, Strong ＆Smart」(速く、強く、賢く)が会社構成員の行動のキャッチフレーズになっている。

　このように、韓国有力企業は「上意下達」(トップダウン)と「下意上達」(ボトムアップ)をうまく融合させている。

（三）経営戦略をサポートする技術経営(MOT)

　事業戦略と技術戦略の兼ね合いにおいて、韓国企業は基本的に事業戦略が優先される。経営戦略の中心としての事業戦略が決定されれば、次の技術戦略は、1)M&Aによるか、2)外部からのライセンスによるか、3)自社R&Dによるかを比較検討して決定される。例えば、韓国のSK ホールディングス(売上高784億ドル、韓国第3位の大企業グループ)は、1980年(化学分野)と1994年(電気通信分野)におけるM&Aによって飛躍した。現在、SKは経営トップに直属する「Growth & Globalization」(GG)と「Technology Innovation Center」(TIC)を設置して、市場志向のアプローチ(GG)と技術志向のアプローチ(TIC)の両面から新成長戦略を模索している。近年、サムソン電子も外部企業とのJV設立による技術導入を図っている。

　一般的に日本企業は、技術戦略が優先され、社内に技術蓄積があるかどうかによって事業戦略が決定される傾向にある。また、日本企業の技術戦略は自社開発が中心となっており、技術経営(MOT)についても、成長戦略のためというよりは研究開発の効率化、オープンイノベーションの推進など、研究開発部門のマネジメントであると理解されがちである。

　日韓企業のアプローチに優劣をつけることはできないが、成長戦略としての技術経営の視点からは、韓国企業のアプローチがより合理的であり、限られた研究開発のリソースを有効活用できると思われる。

　また、韓国企業の研究開発部門は単に要素技術の開発にとど

まらず、会社のM＆A活動及び外部からの技術ライセンス活動を技術的な側面からサポートするまで拡大しており、R＆D部門と事業部門との連携が日本企業より密接になっている。

　日本企業のR＆D部門はより積極的に経営戦略や事業戦略に関わっていくべきである。

三、持続的成長に向けての課題

（一）成長の持続に苦慮しはじめた韓国企業

　しかし、世界金融危機を契機に急成長してきた韓国企業の多くは、現在のビジネスポートフォリオによって高成長を持続することはできなくなり、次の飛躍に必要なエンジン捜しに苦労している。例えば、サムソン電子の売上高(ドルベース)は3年連続で足踏み状態になっている。2007年〜09年の売上高はそれぞれ1,742億ドル、1,734億ドル、1,725億ドルだったLG電子の売上高はむしろ急減する傾向にある。また、現地調査では、成長ペースが落ちてきているSK ホールディングスや暁星グループも次期成長分野の捜しに苦慮しており、鉄鋼分野で収益性や成長性が突出しているポスコでさえも鉄鋼以外の次世代成長分野捜しに真剣に取り組み始めている。これまで蓄積されてきた資本力を次期成長産業へ投資(M&Aを含む)するという攻勢をかけると考えられる。

　図表18が示すように、韓国企業の将来の経営課題に関する意識調査において新製品/サービス/事業の開発がトップにランク

インされたのは、まさに成長の持続性に関する問題意識から生まれていると考える。

　なお、前述したように、これまで有効に機能してきた韓国流の技術経営(MOT)は将来的にも有効であるとは限らない。

（二）残された課題
1.基礎技術の対外依存体質

　韓国企業が強く求めている新製品/サービス/事業の開発には新技術の開発が欠かせない。前述したように韓国が自国の研究開発に力を入れ始め、イノベーション先進国になっているとは言え、図表20が示すように、90年代前半に技術輸入国から技術輸出国へ変身した日本と比べ、韓国が基礎技術を海外に依存している状況は改善されていない。

図表20　日韓の技術輸出/輸入金額の推移

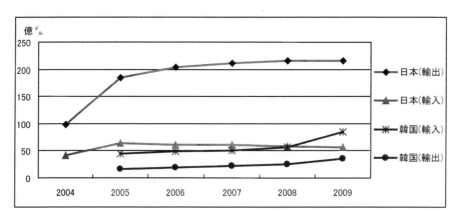

出所：OECD"Main Science and Technology Indicators"Volume2011/2.

　OECDの統計によると、2005年以降韓国の基礎研究支出対GDP比は日本を越えており、基礎技術の開発に傾き始めたが、現地調査では、基礎研究に対する韓国企業の姿勢は積極的とは言えない[6]。例えば、現地訪問した暁星技術院は開発に集中しており、基礎的な研究は大学や国立研究機関にアウトソーシングしている。韓国企業のCTOとの交流において基礎研究の重要性は十分に認識されているようだが、サムソン電子やLG電子も基礎研究の成果について多くは語らなかった。

　もちろん、前述したように韓国企業も、市場攻略に経営戦略の重点を置いていたこれまでの経営手法に加え、技術力に成長のエンジンに求めていく戦略が明確になってきている。つまり、市場ベースの成長戦略一点ばりから市場ベースと技術ベースの両輪で成長を支えていく戦略に変わってきている。しかし、成長性と収益性を求め続けた韓国企業の技術力は、生産技術や製品開発・設計に偏っており、中長期的な成長戦略を支えていく基盤技術の蓄積や取組ははじまったばかりである。

　韓国企業が長期戦略に必要な基礎研究に経営資源を配分することを躊躇した背景には、短期利益重視の経営に行き過ぎた可能性が高いと考える。通貨危機後、韓国企業(特に財閥企業)のオーナー(経営者)の独断的な意思決定による過剰投資やリスク事業への進出という韓国企業のコーポレートガバナンス問題が

---

[6]　2009年基礎研究支出の対GDP比で韓国は0.64%であるのに対して日本は0.42％だった(OECD"Main Science and Technology Indicators"Volume2011/2)。

批判された。リスクの高い基礎研究への資源配分を控えたの
は、リスク投資をできるだけしないという行き過ぎた反動であ
る可能性があるとすれば、韓国企業のコーポレートガバナンス
システムは健全な状態になっていないように思われる。

　したがって、韓国企業が基礎技術開発力の向上を伴う持続的
な成長を実現できる体質に変身していくには長い歳月がかかろ
う。

2. グローバル人材が活用できる企業文化の欠如

　韓国企業のグローバル経営はかなり進んでいるが、経営陣を
含む人材のグローバル化は遅れている。例えば、訪問した韓国
の有力企業の中で経営陣の中に外国人が入っているのはポス
コのみで、本社の中で外国社員の登用も日本企業と比べても非
常に少ない。身内重視の風土がなお残っている。韓国企業自身
が外国人採用を控えているのか、「韓国企業が閉鎖的」と見ら
れ、優秀な外国人が入りたがらないのかは定かではないが、多
様性を活かした経営戦略の策定やオリジナルな技術製品開発、
さらに個性豊かな企業文化の醸成にはマイナスとなろう。

　前述したように、生産や販売と比べ、韓国企業のR&Dのグ
ローバル化は非常に遅れている。基礎研究はいうまでもなく開
発や技術サポートも韓国国内にとどまっている企業が多い。商
品開発技術サポートのスピードやコスト、そしてグローバルナ
レッジの活用の視点から残された課題であると考える。また、
韓国国内の研究開発拠点においてグローバルR&D要員の採用
もまれである。現地調査後、「欧米の技術者はチャレンジ精神

や新技術による事業家マインドが強いから、韓国流の品質・コスト重視のR&Dには向いていないし、韓国企業もそうした技術者をマネジメントできそうもない」という見方を日本企業のR&D戦略担当者から聞いたほどである。

　このように、韓国企業のグローバル経営の持続性には疑問を抱かざるを得ず、韓国企業においてグローバル人材の活用できる企業文化が形成されるまでにはかなり時間がかかりそうである。この意味では、韓国企業の中長期的な課題の一つは製品、サービスの提供よりもグローバルで魅力的な企業文化をいかに形成し、ナレッジ経営への転換ができるかどうかにかかっている。

日台アライアンスへの影響

　以上で見てきた日韓企業の特徴や現地調査で確認できた事項を踏まえて、図表21が示すように、日韓企業の優位性に関する定性的な評価ができるではないかと考える。基本的に供給サイドに近いほど、日本企業に優位性があり、需要サイト(グローバル市場)に近いほど韓国有力企業の優位性があるように考えられる。日韓企業間は非常に補完関係にあるとも言える。他方、台湾企業の優位性はサプライーサイドの低価格で効率的な製造プロセスに優位性がある。したがって、これまで日台アライアンスの領域は主に、電子製品・IT分野や食品分野での製造委託の分野で展開されていきた。

　ただし、一部のブランドメーカー間で日韓企業は競合関係に
あり、日韓企業の競争は激しさを増してきている。したがっ
て、日台アライアンスを深化させて韓国企業に対抗しようとす
る動きが見られる。最近、資本提携を結んだシャープとホンハ
イのアライアンスも製造委託の深化、新たにシャープからホン
ハイへの大型パネル供給など、日台アライアンスを深化させ、
競争力強化に努めている。このような日本企業の考えは台湾側
の望む方向にあり、積極的に応じておこう。

図表21　日台の補完性　ｖｓ．日韓の補完性

日韓台有力企業の優位性評価

	基礎研究力	製品開発力	品質力	デザイン力	低コスト製造力	販売力	ブランド力
日本企業	◎	◎	◎	○	○	△	◎
台湾企業	△	△⇒○	○⇒◎	○	◎	△	△
韓国企業	△	○	○	◎	○⇒◎	◎	◎

注：◎＝比較的優れている　　○＝よい　　△＝比較的弱い

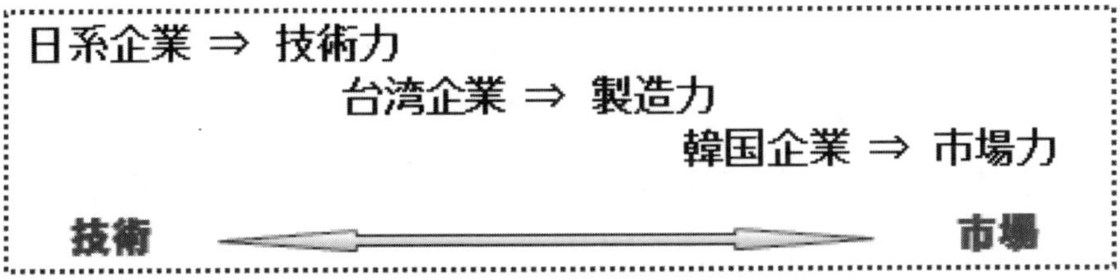

日系企業 ⇒ 技術力
　　　　台湾企業 ⇒ 製造力
　　　　　　　韓国企業 ⇒ 市場力
技術 ⟵──────⟶ 市場

出所：筆者評価

　他方、グローバル市場で立ち往生している日本企業は、販売力の強い韓国企業との戦略提携が増えてきている。確かに、現地調査でも確認できたように、韓国有力企業は、成長の限界から外部との戦略提携を模索している。特に技術力に優位性のある日本企業との連携を望んでいる。他方、伸び悩んだ国内市場が期待できなくなった日本企業も、真のグローバル化を模索しはじめ、特に新興国で経験豊富な韓国有力企業の経験をシェア

図表22　近年韓国で事業を拡大する日系素材企業の事例

日本企業	韓国企業	概要
帝人	CNF	リチウム電池用セパレーターの生産・販売JV
東レ	―	炭素繊維の量産工場設置
旭化成	―	アクリロニトリルプラントの増設・増産
戸田工業	サムソン精密化学	二次電池活物質とセラミック材料の生産
三菱化学	ポスコグループ	ニードルコークス製造・販売
イビデン	―	特殊炭素繊維(等方性黒鉛)の生産
住友化学	サムソンLED SMD Samyang Corporation	基板事業　スマートフォンタッチパネル　タッチパネル
宇部興産	SMD	有機EL用基板樹脂事業
JX日鉱日石エネルギー	SKルブリカンツ株式会社	潤滑油ベースオイル製造
アルバック	―	研究所設立：ディスプレイ、有機EL、太陽電池など

出所：各会社のニュースリリースにより筆者作成。

したい思いがあろう。したがって、日韓企業双方に戦略提携の
インセンティブは存在している。

　特に素材、部品分野での戦略提携が増えてきている。例え
ば、日本の有力素材メーカーと韓国有力企業との提携が目立っ
ている(図表22を参照)。

　このように、日本企業のアライアンス戦略に変化が見られ
た。台湾企業とは、これまでの低コスト、効率製造のアライア
ンスに深化をさせている。他方、市場力や販売力を取り入れる
ため韓国企業とのアライアンスを推進しはじめた。また、中国
大陸市場開拓の文脈においては、現地市場に強くかつ低価格生
産の能力を備えた中国大陸系有力企業とのアライアンスも増加
してきている。つまり、日本企業にとっては、アライアンス内
容や産業分野によって、台湾企業、韓国企業、中国大陸企業を
選別して提携戦略を推進しはじめている。日台アライアンスに
ビジネス機会を喪失する可能性が増えてきたが、日本企業にと
っては選択肢が増えて、好都合になったのである。

　台日アライアンスを推進する立場にある台湾企業や当局は、
韓国企業の台頭で直面せざるを得ない挑戦を十分に認識すべき
である。台湾企業にはアライアンス能力或は魅力や、台湾当局
には制度的な優位性を高め、日本企業を引き付ける対策が求め
られる。

【参考文献】

JMA(2011) "日中韓　経営課題に関する合同調査2011"

金顕哲　(2011)「韓国企業の競争力」(講演資料)

経済産業省　(2011)『通商白書』

日経ビジネス　(2012)「日本企業、止まらぬ韓国投資」2012.3.12号

日本CTOフォーラム(2012)『日本CTOフォーラム「第6期報告書(合本)」』

日本貿易振興機構(2010)『存在感高める中国・韓国企業』(Web)

梁　先姫　(2010)　『韓国財閥の所有構造の変遷とコーポレート・ガバナンス』

APO(2011) "APO Productivity Databook 2011"

IMD "World Competitiveness Yearbook"各年版

OECD (2012) "Main Science and Technology Indicators" Volume2011/2

WIPO (2011) "PCT Yearly Review: The International Patent System in 2010"

飛躍する韓国企業の分析から見る
日台連携の必要性と競争力

高寛
（元台湾三井物産代表取締役社長）

はじめに

　20年前の冷戦終結により東西の壁が取り除かれ、経済原則に基づき自由な企業活動が出来るようになったとこに加えIT革命による地理上の距離短縮と情報の壁が取り除かれたことにより、物、金、人が国境を越えて流動化し、移動が自由に行われるグローバル社会へと変貌した。各国の企業もグローバル化を推進しつつあるが、その世界の潮流の現状認識を整理したうえで、日本企業の抱える課題を見つめる。最近、世界で飛躍している韓国企業の強さの理由、課題を分析することにより、グローバル化の核となって急膨張する中国（大陸）市場への事業展開の鍵が戦略的国際分業にあること、また、その戦略的事業展開の連携相手が台湾企業でなければならないことを解明する。日本企業が認識していない日本企業の本当の強さ、台湾企業が気が付いてない台湾企業の大陸での圧倒的優位性も含め、経験に基づき日本企業の視点から述べることとする。

現状認識

一、アジア経済圏の必要性と国際分業の深化

　グローバル化した現在、企業活動にとって生産拠点、市場は国という枠組みを超えた経済圏へと拡大してゆく。その活動範囲内に於いては国内と同じような自由な人、物、金の移動が必

要であり自然発生的にEU、NAFTAというような地域経済圏が
発足するのは当然の流れである。アジアに於いてはその経済規
模、政治システム、歴史、文化が異なるため時間を要するが共
通の利益として近未来にアジア経済圏が実現するであろう。で
は、アジア経済圏が実現すると異なる特徴を持つ各国はどのよ
うになるのであろうか。商品の競争力を高めるべく、各国が特
徴的に得意とする分野で生産体制が構築される、即ち、国際分
業が深化してゆくことになる。基礎研究、学問が進んだ国では
R&Dが、工場経営・効率生産が得意な企業がある国では工場
管理が、安価な労働力がある国では労働集約的工程が行われ、
その分野における特化が加速される。もっとも人口が多く、経
済成長が期待できるアジア地域は生産面からも市場面からも将
来、世界を牽引する市場となるであろう。

二、新興市場の台頭（ボリュームゾーン市場の飛躍）と中国　　（大陸）の政策と方向性

　アジア市場を牽引している台頭した中間層（ボリュームゾー
ン、$3000－12,000の層）は1995年から10年で中国で4.3億人、
インドで0.9億人、その他アジアで1.1億人、計6.3億も増加し
ており増加人口だけでEU、NAFTAの総人口を上回っており、
アジアの中間層だけで12.5億人と圧倒したこの市場がアジアを
牽引しているのが重要な点である。では、この状況の原因はど
こにあるのであろうか。中国は冷戦後の発展を開放政策で乗り
切ったがこれは広大な土地と貧農の安価な労働力が大きな力と

なり巨大国家となったわけであるが、実態としては労働集約的産業が中心であり更なる発展を維持するためには付加価値を高めた産業育成が重要課題となり、政策的に量から質への転換を図っている途上である。その結果として必然的に労働賃金が上がり、膨大な中間層市場が創出されたことにある。付加価値を高めた産業育成の為に隣国である台湾の技術力に目をつけたのは当然の流れであり、これが中国にとって条件面で妥協しても台湾とECFAを締結しなければならなかった経済的理由でもある。

三、日本企業の課題と方向性

　技術立国日本は次々と新しい技術開発を行ってきており、自動車、家電、素材業界に於いて世界をリードしてきた。然しながら今世紀に入ってからそのシェア占有率は低下の一途をたどっているのが現状である。1995年に於いて液晶パネル生産は世界シェア100％であったが現在では10%を切ってしまっている。また、半導体、DVD等の商品に於いても、"技術で勝って、事業で負ける"という法則が状況を表している。理由は明白である。前述した急膨張する中間層市場を捉えていないため、いや、捉えることができていないためである。日本は輸出依存度が17％（韓国は55％）であり高品質、多機能、高価格を求める国内市場を視野にいれた商品開発、マーケティングを行っており、単機能、良品、廉価を求める中間層市場向けに対応出来ないのである。

　高品質、多機能の商品開発を行う為の基礎研究、開発が中心となり性能、品質は良いが高い商品となってしまい巨大市場が求める商品を提供できなくなってしまった。従って、不得意とする中間層の巨大市場を如何に捉えるかが最大かつ急務の課題である。

飛躍する韓国企業の分析

一、韓国の経済実態と特徴

　韓国経済のファンダメンタルズは良好であり輸出と民間消費が牽引しており、中期経済見通し（747ビジョン）では2017年にGDP規模、世界7位（一人辺りのGDP4万ドル）を目指している。この韓国経済を牽引しているのが世界市場でシェアを急拡大している4大財閥でサムソングループは半導体・TV市場で世界No.1、LGグループはエアコン、冷蔵庫、洗濯機市場で世界No.1、現代自動車は自動車市場で世界No.5、ポスコグループは鉄鋼市場で世界No.4の市場を占有している。これら韓国企業の特徴は海外売上比率が高くサムスン、LGグループは約85％、現代グループは約70％を占めており、ポスコグループは同約35％に過ぎないが、ベトナム、タイ、中国、インドで海外での鉄鋼所建設、企業買収を強力に推進している。従って、世界市場で飛躍した4大財閥の売上高合計金額は韓国GDPの40％弱を占めるに至った。また、韓国貿易は韓国GDPの80％強を占

めておりこの2点が韓国経済の特徴である。即ち、韓国企業は財閥・貿易偏重の経済構造と日中台との熾烈な競争環境にさらされる中で、グローバル市場での生き残りを図っているといえよう。

二、韓国企業の強み

（一）官民連携による海外市場の開拓

　FTA締結の積極推進による海外市場開拓が行われている。米韓FTAは本年発効されるに至り、米国市場で電化製品、自動車を中心として競争相手の日本、台湾、中国に対し圧倒的有利な立場となった。米国はこの韓国との二国間FTAを最後に今後は多国間FTAしか行わない旨を宣言していることは注目すべき点である。インドに於いては包括的経済協定（CEPA）が2010年に発効され韓国は自動車部品、鉄鋼、機械などの主要10品目の恩恵が大きく、インド向け輸出が今度10年間で年間1億4千万ドル増大すると予想される。また、アセアンとのFTAによりアセアンとの貿易額を2015年までに1,500億ドル規模までの拡大を図っている。また、UAEの原発建設の入札に李大統領自ら入札決定権をもつムハンマド皇太子に6回にも及ぶ電話説得を行い、韓国企業連合が400億ドルの原発建設工事を受注したことに象徴されるごとく、2009年にはベトナムとカンボジアにて経済外交を展開、ベトナムにおいては紅河開発（70億ドル）、高速鉄道の複線化（90億ドル）、またカンボジアに於いては韓国

石油公社がカンボジア石油庁とMOUを締結した。ロシアに於いても李大統領が2008年9月に1,000億ドル規模の経済協力案件に合意、エネルギー資源、国際物流、極東港湾開発、科学技術など26案件の協定を締結した。このように官民一体となった外交─経済活動が韓国企業のグローバル化を促進する基盤を整備している。

（二）オーナー経営者の独創的な経営哲学を強烈なトップダウン経営

　サムスングループの李会長に代表されるごとく、オーナー経営者だけがなせるリーダーシップによって"巨大企業でありながら速い経営スピード"、"多角化しているが高度に専門化しているビジネス・ドメイン"、"オーナー経営者と専門経営者の調和"、"米国式経営と日本式経営の融合"といった強みを作り出した。下記は時代背景に基づく李会長の代表的な独創的経営哲学の変遷である。

　1993年＜新経営＞妻と子供以外はすべて変えろと号令。1994年＜天才経営＞1人の天才が10万人を食べさせるという発想から優秀人材確保を強調。1998年＜革新経営＞骨身を削るような革新だけが競争力を高めると革新の重要性を指摘。2003年＜分かち合い経営＞企業は隣人を守るべきと社会貢献を強調。2005年＜デザイン経営＞デザインの新しい認識に基づき品格高いブランドとデザイン重視を力説　2006年＜創造経営＞すべてのものを原点からみて新しいものを発掘する創造性を強

調。2007-12年＜危機論と創造経営＞新成長エンジンの創造を行い、キャッチアップ経営から創造的経営への脱皮、転換を図る。この＜危機論と創造経営＞は先端技術をもつ日本と強力な競争相手であるCHAIWAN（中国＋台湾）との間での韓国企業の存在意義の葛藤と将来の方向性の模索が背景にあると思われる。

（三）新興市場の先取り

　BRICSなどの新興国市場に集中的に進出した韓国企業は低価格市場を狙ってマーケティングを強化、ボリュームゾーン（中間層）市場をターゲットとした商品開発を行い、高品質、多機能より、デザイン、単機能、廉価の商品を投入することにより同地域の消費者のニーズを上手くくみ取った市場獲得を行っている。この戦略は非常に重要であり1995-2005年の10年間にアジアにおいてこの中間層が約6.5億人増加し約13億人に倍増した現実を適格にとらえたものである。EU、AFTAの総人口が各5億人程度であることを考えるとアジアの中間層の増加、創出が如何に大きな市場か想像できよう。最近では主力輸出産業であるIT・電子・家電・自動車だけでなく、内需産業業種の流通・金融・電力などの分野でも新興国市場を先取りし始めている。

（四）徹底した"売れる商品"の開発とマーケティング

　日本企業の"良い商品"とは高性能、多機能であることである

が、韓国企業の"良い商品"とは売れる商品に他ならない。この
物作りの根本的な思想の違いが商品開発、デザイン、投資戦略
を大きく異なることとなる。前述のごとく韓国企業のターゲッ
ト市場は膨張する新興国市場の中間層であるため、この地域の
歴史、文化、生活習慣、嗜好を徹底的に研究し、市場が求め
る"売れる商品"を開発、マーケティングすることにある。地域
毎に言語が異なるインドに於いては10言語の字幕対応のテレ
ビ、中東に於いてはメッカの方向を示す方位表示、コーランの
提供、礼拝時間を知らせるアラーム等、各地域の特性を研究し
"良い商品＝売れる商品"の開発に優先度を置いている。また、
サムソングループは"デザインこそが企業の哲学や文化を表現
し、企業の優位性を左右するという信念"によりデザイン経営
を重視し、デザイン拠点はソウル、サンフランシスコ、ロサン
ゼルス、ロンドン、ミラノ、上海、東京の7か所にあり600名の
デザイナーが在籍して徹底的に現地のニーズをデザインに反映
している。

　現代自動車は米国に於いて10年間、10万マイル長期品質保
証、失業時の無料返品、ガソリン価格上昇負担、また、UAE原
発受注に至っては100年保証とリスク・ヘッジが困難なアフタ
ーサービスにより市場獲得を図っている。

三、韓国企業の課題

（一）世襲経営によるコーポレートガバナンスの不透明さ

　韓国では財閥経営が3代目に移る過渡期に入りつつあり、世代交代を加速させている。創業者一族による世代交代である世襲はコーポレートガバナンスが不透明になるとの批判が後を絶たない。また、権限の一極集中によるリスクや専門経営者の役割不足が指摘されている。スピーディーで独創的な経営判断と強烈なトップダウン経営は強みでもあるが、表裏一体の面を有している。

（二）基礎研究、新技術開発、先端技術開発への投資不足

　前述の通り、韓国企業は中間層市場に於いて市場が求める"売れる商品"の開発、生産、マーケティングを行うことに優先度を置くため、既存技術で十分であり、生産技術、設計技術への投資が中心となる。基礎研究、新技術、先端技術開発は将来の企業発展の為には不可欠であるが、"ボリュームゾーンに売れる商品"には必要ない。また自ら開発するには時間が掛るのみならず成功の確率も不確定であるため投資効率が非常に低くこの分野への投資が極めて少なく、技術を購入し自社開発設計技術と組み合わせる方式となっている。その実態として韓国の米国での特許の申請件数は日本に比べ発明関連の特許は25％にも満たないのに対し、設計関連の特許は40％に及んでいることがそれを証明している。因みに、台湾も韓国とほぼ同じような

件数、傾向にある。

（三）部品素材の対日依存

　韓国の対日貿易赤字は約350億ドルで、このうち35％が部品素材分野である。韓国は主力産業である電子・半導体・自動車の部品素材分野での日本依存度が高く、第3国への完成品輸出が増えるほど対日貿易赤字が拡大するという貿易構造にある。そこで官民が連携して従来から懸念となっている対日貿易赤字を解消し、対日依存から脱却を図るため、部品素材と装置産業の育成作を打ち出している。この構造は対中貿易輸出が増えるほど対日貿易赤字が増えるという台湾の貿易構造も同様であることを考えれば、国際分業体制の実態が浮き彫りになってくる。

四、日韓連携の実例と特徴

（一）日韓連携の実例

　日韓関係は2000年の歴史を持ち、現在の両国の人的交流は約500万に及んでおり（訪韓310万人、訪日160万人）、両国の企業連携も進んでいる。NSCとポスコの戦略的株式の持ち合いはミタルの企業買収対応のみならず、原料である鉄鉱石の共同価格交渉を行うという意味合いも含んでいる。また、JFEとポスコ共同でブラジルに於いてレアメタル鉱山開発と行う連携、SONYとサムソンの液晶パネル工場の建設等がある。また、韓

国進出企業として、旭化成が200億円を投じて25万トンのABS
樹脂原料工場の建設、東レの350億円を投じる炭素繊維工場の
建設、住友化学の200億円規模のタッチパネル工場の建設など
が挙げられる。

（二）日韓連携の特徴

　鉄鋼業界等でみられる競争相手同士が是是非非で両者の共通
の利益に結び付く連携、また、化学品業界でみられる韓国の
FTA締結済み市場向けアジアハブ工場としての立地を利用した
企業進出が中心である。

　即ち、アジアとりわけ中国市場を視野に入れた日韓連携が殆
ど無く、日韓には戦略的国際分業という思想は無いことが特筆
すべき点である。

　アジア経済圏へと各国が向かいつつある現状、下記の通り日
韓企業の経営思想は異なるが、お互い補完できる点が多く日韓
企業の連携は理論上、最も競争力のある連携の可能性があると
言えよう。然しながら、各国の企業がそれぞれの特徴、強みを
生かし、課題となっている点を相互補完しグローバル化へ飛躍
する観点から考えると、韓国企業は垂直分業の道を模索してお
らず、あくまで独自のグローバル化を推進する方向を模索して
おり、日本企業にとって戦略的国際分業の相手と位置づけする
には困難であることが浮き彫りになってくる。

日台連携の必要性と競争力

一、日韓企業の経営思想の相違とそれぞれの課題

　"技術で勝って事業で負ける"日本企業と飛躍する韓国企業は
それぞれの国の状況、企業環境、歴史が異なる為、同じ市場で
競争している様に見えるが実はターゲットとしている市場が自
と異なっているのが実態である。即ち、高度な品質を要求され
る国内市場を視野に入れた日本企業の経営思想と、国内市場が
小さいが為に海外市場を視野にいれている韓国企業の経営思想
とは異なるのは当然で、それがそれぞれの企業の強みとも弱み
ともなっている（下記の表を参照）。ここ10年で飛躍した韓国
企業は急膨張した中間層市場をターゲットとした為、世界シェ
アを急伸させることに成功した。日本企業は技術的、品質的に
優れた新商品を開発するがそれは中間層市場が求めているもの
ではなく、この市場を捉えきれず、苦悩する。韓国企業は中間
層市場の要求に沿った市場展開をし、この市場で躍進するが、
韓国製品の機能部品の太宗を日本に依存しており、機能部品を
海外から調達して急成長する中国企業の猛追にあいサンドイッ
チ状態に陥りつつある。グローバル化してゆく環境下に於いて
はそれぞれの強みを強化すればするほど、それが同時に弱みと
なり課題が大きくなっていき、弱みを解決しようとすればする
ほど強みが弱体化してゆくという背反事象が避けられず、単独
企業としてアジア経済圏において事業展開するには限界が見え

てきたことは明白である。将来に向け世界の潮流を読み取り、アジア経済圏において単独企業での事業展開は既に限界にきたことを勘案すると、企業間の単純連携から一歩踏み込んだ戦略として、戦略的国際分業による企業連合体を構築することが各企業の方向性であると思慮する。

日韓企業の経営思想の相違

韓国企業と日本企業の経営スタイルの比較

	韓国企業	日本企業
経営スタイル	マーケティング指向経営	ものづくり指向経営
技術開発	技術マネジメント(購入技術と自社開発技術の組み合わせ)	技術イノベーション(技術改善とすり合わせ)
海外戦略	現地化(自国モデルの修正)	日本化(日本モデルの輸出)
投資戦略	国内寡占市場で稼いだ利益を海外につぎ込む	海外市場で稼いだ利益を国内市場に再投資
リーダーシップ	トップダウンによるスピード経営とリスクテイキング	優れもバランス感覚とリスク回避力
人事戦略	・エリート人材育成や徹底した成果主義(高額報酬と解雇) ・50代前半で実質的に定年	・熟練人材を育成するため組織能力が高い ・経営責任は組織に追及されるためチームワーク力が高い

出所：多摩大学金美徳作成　　　　　　6

二、日本企業の本当の強み

　日本企業の強みと課題は前述したとおりである。また、日本企業の強みとは基礎研究、先端技術の開発や、機能部品の製造力、高機能サービスなど、さまざまな指摘がなされている。確かにその通りであり事実であるが、何故そうなのかという点につき述べたい。これらの根底にあるのは日本企業の、いや日

本人の持つ"組織重視"の思想、思考回路、体質である。個人より組織を優先する、組織の為に個人を犠牲にするという発想が普遍的であり、美学ですらある。東日本大震災の災害時での社会の為に個人を犠牲にした秩序ある行動は日本に於いては当然の行動であったにも拘わらず世界を驚愕させたことは記憶に新しい。国家の為に企業が犠牲になり、企業の為に家族が犠牲になり、家族に為に個人が犠牲になるという思考回路であるが故に、企業は多くの忠誠心に満ちた従業員の集団となり組織が非常に重要な価値となる。その組織の価値観は自然に共有されて存在しそれ故、同じ目的、方向に向け発揮される。日本では仕事を聞かれると何の職務をしているかというより会社名を名乗るのが通例であることからも組織が個人の価値に優先されている事象が表れている。その結果として、終身雇用が自然の雇用形態であり、技術者は個人の価値向上よりも企業の為に研究を続け、現場の従業員は企業の為に次々と現場を改善してゆく。この状況がいわゆる日本企業の強みである"現場力"の源泉である。即ち、個人としての能力の集積である組織の力として永続的に技術、ノウハウが蓄積できるのである。この思考回路は世界でも稀有であり、それを証明する一例として日本は創業以来100年以上続いている企業数が世界で1番多いことでも理解できる。それ故、組織一丸となって技術の蓄積が行われ先端技術が開発され、優良商品が生産さるという無類の強みを持っているのである。しかし、この思考回路、システムは日本特異なものであるが故に、海外では通用しない。アジアで台頭する中間

層向けマーケティング戦略に於いては、韓国企業のような市場の要求に沿った柔軟な対応が必要なのであるが日本企業は技術的、品質的に優れた商品はいずれ売れるはずであるとの発想となってしまう。むしろグローバル化の事業展開には決定的な欠点となってしまうのである。ここに"技術で勝って事業に負ける"根本的問題が内在する。アジア経済圏に向け戦略的国際分業への戦略には日本企業の無類の強みを生かしつつ、この欠点を補ってくれるパートナーが不可欠である。

三、韓国企業と類似する台湾企業と気が付いてない台湾企業の本当の強み

　膨張する中間層市場日本企業を凌駕している韓国企業の経営思想は何故か台湾企業のそれに非常に類似している。それは、両国とも国内市場が小さく、自然に海外市場を視野に入れた事業戦略であること、中国が台頭する前の1980年代に急成長しアジアをけん引したNIESの雄であって競争力ある生産技術が非常に高いこと等、企業経営環境が類似していることに起因する。しかし、決定的な相違点が2点ある。1点は事業展開を単独企業で行おうとする韓国企業と、その韓国企業が"CHAIWAN"という象徴的造語で表現し強力な競争相手であり国際分業体制を得意とする台湾企業との経営戦略の違いである。更なる相違点（これが中国への事業展開としては決定的なのであるが）として、台湾は大中華圏（中国、台湾、香港、シンガポール）を構成する華僑国であるという点である。華僑

国である台湾は一般に言われるように言葉、文化、風習、嗜好
等々を熟知しているという点は論を待たないが、ここで強調し
たいのは大陸に於いて政治的には敵対している中国共産党政治
と経済面で台湾企業が上手く融合して事業展開する経営戦略を
装備しているということである。開発区に企業集団で進出す
る、また、台商協会のネットワークで問題解決する等々は勿論
のこと、台湾企業が自然に行っていることが無意識のうちに最
大のチャイナリスクを回避しているのである。実例の詳細は記
述することを避けるが、台湾に於いて長年続いた一党独裁の国
民党政権下に於いて力強く生き抜き成長を遂げてきた台湾企業
にとって一党独裁とはいえWTOに加盟し国際化に向け邁進し
ている中国共産党一党独裁政治に対する対応（省、市の地方政
府も含め）はいたって"Manageable（操作可能）"であり他国の
企業では絶対に真似が出来ない無類の強みなのである。

四、日台連携の必要性と競争力

　"技術で勝って事業で負ける"日本企業はその特異な"組織力"
に起因する技術蓄積（サービスなどのソフト面も含め）という
無比の強みを持っており、事業で負けているのはこの分野では
なく、課題は急成長する中間層市場への事業戦略が問題であ
り、この市場に対応した柔軟な事業戦略に優れる韓国企業が飛
躍していることを説明した。また、アジア経済圏に象徴される
グローバル化の深化により各企業は単独での事業展開には限界
があり、それぞれの強みに特化してそれぞれの課題を得意とす

る企業との戦略的国際分業を行った企業連合体として展開するのが将来の方向性である。その企業連合体の構築を行うに際し、日本企業にとっての課題は中国市場（中間層市場）への柔軟な事業展開であるが、連合体構成の選択肢として日本企業の課題に優位性をもつ台湾企業か韓国企業との連携が考えられる。しかし、前述の通り、飛躍する韓国企業の分析、台湾企業の本当の強みを勘案すると日本企業にとってその相手は台湾企業であり、それぞれ両国の企業が最も必要としている要素をそれぞれ相手が有していることがわかる。稀有な思考形態に基づく日本企業の強みと中間層市場を牽引する中国市場に於いて稀有な強みを発揮している台湾企業との戦略的な日台企業連合体が中国市場に止まらず、世界への事業展開の最も競争力がある企業連合になる要素を持ち備えることになると思慮する。

　前2項で述べた日本企業の本当の強み、台湾企業の本当の強みの分析は独創的と思われるかもしれないが、実際にアジア各国、とりわけ中国で事業展開をした企業経営者として辿り着いた根本的で重要な点であり、いろいろな問題の根源がこの視点から見ると理解でき、解決の糸口が見つかることが多い。アジア経済圏に向けグローバル化する日本企業、台湾企業の進むべき道はこの経済圏に対応した戦略的国際分業であり日台企業の連携が最も強力で競争力を具えた連合体であるとの結論に至るのは至って自然の帰依である。加えて両国の良好なる信頼関係は日台企業連合体をさらに強固なものとするであろう。

太陽電池産業における
中国ものづくり経営と
日台共同戦略の可能性

久保裕史
（千葉工業大学社会システム科学部教授）

―――――― 主な内容 ――――――

中国太陽電池産業のものづくり経営分析

製品・工程アーキテクチャ

ものづくりの組織能力

産業地理学

中国市場を目指す日台共同戦略案

【戦略A】インテグラル型部材・設備をコアとする共同戦略

【戦略B】内インテグラル／外モジュラー型高変換効率・長寿命モジュール戦略

【戦略C】内モジュラー／外インテグラル型スマートグリッド戦略

太陽電池製品アーキテクチャの位置取り戦略

　太陽電池産業は、中長期的に大きな発展が見込める有望分野である。本稿では、日本と台湾の企業が共同で、膨大な中国太陽光発電市場への浸透を目指す戦略を提案する。始めに、中国の太陽電池産業をものづくり国際経営の3つの視座、即ちアーキテクチャ（設計思想）、組織能力、産業地理学、から分析した。中国のアーキテクチャは基本的にモジュラー型である。比較的インテグラル要素の強いウエハやセルでも、労働集約的である。経営面では、外国人専門家や留学帰国生、政府等の人脈の活用が特徴的である。産業地理学的には、経済技術開発特区を起爆剤に、国内原材料や安価な人件費による国内生産・海外輸出の立地優位を確立している。今後は、西部メガソーラーやスマートグリッド化の振興政策による大幅な内需拡大が期待できる。以上の調査・分析結果に基づき、以下3つの共同戦略案を提示する。①高度なインテグラル（擦り合わせ）型部材や設備をコアとする共同戦略、②「高変換効率セル・長寿命モジュール」技術をベースに、台湾と共同で大量生産可能な技術をパッケージ化し、中国にライセンス販売や生産委託をする戦略、③中国のメガソーラーやスマートグリッドに、日本のシステム技術と台湾のIT・電子基幹部品を組み合わせて販売する「内モジュラー／外インテグラル型」の共同戦略。

はじめに

　現在、太陽光発電システムは、地球温暖化とエネルギー危機

対策の切り札として、めざましい発展を遂げている。日本は、1974年のサンシャイン計画発足以来、様々な太陽光発電普及の促進政策を展開・継続し、長年の間、生産量、市場導入量ともに世界首位の座をキープしてきた。しかし、2004年にドイツが太陽光発電電力の固定購入価格を大幅に引き上げてから世界市場が大きく拡大し、日本は市場導入量で2005年にドイツに抜かれ、生産量でも2008年に中国とドイツに抜かれて、現在は市場・生産ともに世界シェア1割未満に減少した[1]。世界の太陽光発電の累積導入量は、昨年末に67GWに達し、今年末には100GWを超える見通しである[2]、生産量では、中国と台湾の合計シェアが73%に達し、上位10社中、6社を中国メーカーが占めるようになってきている[3]。しかし、その一方で昨年から激しい価格下落が生じ、中国の大手4社（Suntech、Yingli、JA、Trina）を含む大半のメーカーの売上高が大幅に減少し[4]、赤字経営に陥っている。価格急落の主な原因は、昨年の欧州に端を発する世界債務危機や、ドイツのFIT(Feed In Tariff)購入価格の引き下げ、需要を上回る大幅な生産能力の拡大にある。その結果、Solon、Q-cells、BP Solar、Solyndraなど、数多くの欧米の太陽

---

[1]　太陽光発電事業戦略支援データ（2011/2012年版）資源総合システム、p.243。

[2]　菊池珠夫、Tech-On!、http://techon.nikkeibp.co.jp/article/COLUMN/20120416/212855/。

[3]　PV-Tech、http://www.pv-tech.org/news/first_solar_and_suntech_led_2011s_module_manufacturer_rankings_says_lux_res。

[4]　菊池珠夫、前掲資料。

電池メーカーが倒産し、今なお淘汰が進んでいる。日本の太陽電池メーカーは非専業で、相対的に設備投資も控え気味であったことから、今のところ撤退する企業は出てきていない。しかし、いずれも厳しい経営判断を迫られている。

　このように、極めて厳しい経営環境下にある太陽電池産業だが、中長期的に見れば、今後一層の成長が見込める。とりわけ電力需要の旺盛な中国では、2020年の太陽光発電の総容量を50GWとする計画であり、2050年には600GW以上に達するものと予想されている[5]。そこで本稿では、日中台3国の太陽電池メーカーが、それぞれの特徴を生かし、中長期的な成長を実現するためのものづくり国際経営戦略案を提示する。より具体的には、日台両国が協力して、膨大な中国の太陽光発電市場を取り込むための共同戦略案を示す。改めて言うまでもなく、現在の太陽光発電市場は完全にグローバル化していることから、共同戦略案をまとめるにあたって、巨大化した中国太陽電池メーカーの積極的活用を念頭に置く。そのため、まず中国太陽電池産業について、アーキテクチャ（設計思想）、組織能力、産業地理学、という3つの視座から分析を試みる。本フレームワークの有効性については、これまで既に、多くの産業分野（例えば、電子・電気機器類や自動車等）で実証されている。本分析を行った後、その結果に基づいて、中国の太陽光発電市場を目指す日台共同戦略の構図を描く。

---

[5]　日経エレクトロニクス、2012.4.16、pp.19-22。

中国太陽電池産業のものづくり経営分析

　中国太陽電池産業のものづくり経営分析結果を述べる前に、先ず、製品・工程アーキテクチャ、ものづくりの組織能力、産業地理学、の3つを鍵概念とする「ものづくり国際経営」の要諦について簡単に述べておく[6]。

　一つ目の「製品・工程アーキテクチャ」は、製品・工程設計の基本設計思想のことである。設計諸活動の対象となる要素は、①製品機能、②製品構造、③生産工程の3つであり、①と②のつなぎ方を論じるのが「製品アーキテクチャ」、①と③のつなぎ方を論じるのが「工程アーキテクチャ」である[7]。多くの製品の製品・工程アーキテクチャは、機能要素と構造・工程要素が1対1に対応した「擦り合わせ（インテグラル）」型アーキテクチャと、要素と要素が複雑に絡み合った「組み合わせ（モジュラー）」型アーキテクチャを2極とするスペクトラムのどこかに位置づけられる。

　二つ目の「ものづくりの組織能力」は、上記のアーキテクチャと密接に関連する。なぜなら企業の組織能力は、アーキテク

---

[6] 新宅二郎、天野倫文、『ものづくりの国際経営戦略─アジアの産業地理学─』、有斐閣、2009。

[7] Ulrich, K. T. (1995), "The Role of Product Architecture in the Manufacturing Firm," Research Policy, Vol.24, 419-440；Baldwin, C. Y. and K.B. Clark (2000) Design Rules: The Power of Modularity, Vol.1, Cambridge, MA: MIT Press；藤本隆宏 (2001)「アーキテクチャの産業論」『ビジネス・アーキテクチャ─製品・組織・プロセスの戦略的設計』有斐閣。

チャに依存する能力構築の環境によって左右され、過去に蓄積した能力をそう簡単には変えられないからである。例えば、日本の場合には、長年にわたってインテグラル型のものづくりの組織能力を積み重ねてきたため、それと相性がよいのは擦り合わせ型のアーキテクチャである。

　この組織能力は、その本質が関係主体の複雑に絡み合ったシステム的な能力であるがゆえに、地域の市場環境や諸制度、歴史に色濃く影響を受ける。同時に主要企業の業務活動がその国・地域の環境与える影響も大きい。こうして形成された組織能力の偏在性は、グローバル化の時代においてもたやすく平準化されるものではない。そこでこの「能力構築環境」の偏在性を、自社の組織能力との適合性を考慮して立地戦略を組む考え方が、三つ目の「産業地理学」である。

一、製品・工程アーキテクチャ

　現在の主流である結晶シリコン系太陽電池の主要工程は工程順に、硅砂→金属シリコン→結晶シリコンインゴット→ウエハ→セル→モジュール、という流れである。この中でウエハからセルに至るプロセスは、製造パラメータが多岐にわたり、比較的、擦り合わせ（インテグラル）要素が強い。それに対しモジュール工程は、工程間の結合公差が広い組み合わせ（モジュラー）型のプロセスである。但し、モジュール工程に用いる部材そのものは、インテグラル要素の強い、日本企業が得意とする製品である。このように製品・工程アーキテクチャは、最終的

に同じ製品であっても、それぞれの階層によってアーキテクチャが異なる。

図1　多結晶シリコン型太陽電池モジュールの工程アーキテクチャ

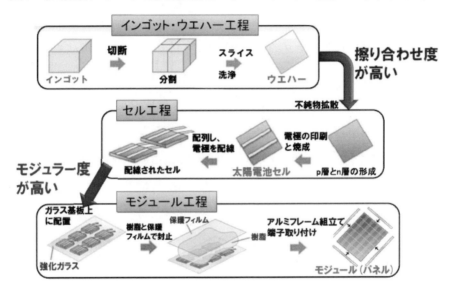

　中国では2000年代半ば以降に、技術習得が容易でモジュラー度の強いモジュール生産事業から参入を果たしたメーカーが多い。その後、2007年頃のシリコンの供給不足を受けて、処理プロセスが複雑で長い、インゴットやセル、ウエハなどの上流域にまで事業領域を拡大し、垂直統合化を図ってきた。これらの上流工程は、擦り合わせ度の高いインテグラル型で、モジュールに比べると技術難度も高いプロセスである。しかし日本や欧米諸国からのターンキー型の技術移転が推し進められた結果、少なくとも標準的な太陽電池については、もはやインテグラル

型とは言い難いプロセスとなっている。

図2　結晶シリコン型太陽電池アーキテクチャの階層構造

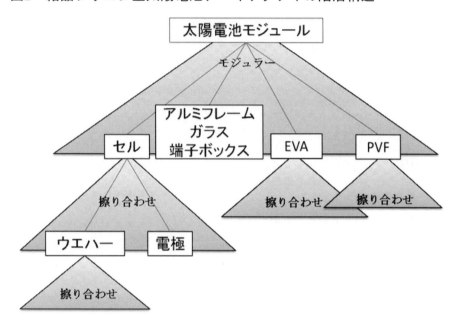

二、ものづくりの組織能力

　次に、中国の本分野のものづくりの組織能力が、どのような経緯を辿って短期間で形成されてきたのかについて述べる。これに関しては、日本と欧米の専門技術者や部材・設備事業者からの積極的アプローチによるところが大きい。太陽電池は、長い開発の歴史をもつだけに、有力特許の多くが既に失効している。このため、半導体産業等に比べて相対的に技術的な障壁が低く、複雑なプロセスの諸条件も技術パッケージ化して移転す

ることが比較的容易であったと推定される。このように新興国
で外国人専門家を重用し、新規事業の立ち上げ速度を向上させ
た事例は、過去にも数多く見受けられる。例えば、明治維新の
頃の日本が、「御雇外国人」と称する専門家を重用したのが、
その例である。ただ、デジタル情報化とグローバル化が進んだ
現在では、それが桁違いのスピードで進行するのである。

　一方、欧米で太陽電池の専門知識を身につけた留学生が、帰
国後、起業家として成功した事例も数多く見受けられる。これ
は、中国政府が1990年代後半に打ち出した留学生帰国促進・奨
励政策によるところが大きい[8]。例えば、Suntech社CEOの施正
栄氏や、JA社CEOの方朋氏が、その例である。彼らは海外で
身につけた知識と中国の生産立地優位を生かして、明確な意志
決定の下に、俊敏な経営判断を実践している。

　以上に述べたように、中国の技術導入に対するどん欲さと、
経営の意志決定の素早さ、人脈活用能力の高さが、短期間で世
界上位6社という成功をもたらした要因であろう。

　アーキテクチャと組織能力の関連について触れておく。中国
のアーキテクチャは基本的にモジュラー型であるが、ウエハや
セルなどの上流工程についてはインテグラル要素を強く含ん
でいるとみてよい。但し、知識・資本集約的な日本のそれとは
異なり、労働集約的である。中国での事業展開を考える場合に

---

[8]　戴二彪、岸本千佳司、「中国の『留学生企業』の躍進と地方政府の役割」、赤門
　　マネジメントレビュー、10巻、1号、2011.1。

は、これらの特徴を念頭に置いて戦略を組む必要がある。

三、産業地理学

　3つめの産業地理学には、生産と消費の両面がある。中国における生産面に関しては、経済技術開発特区を核とする振興政策、原材料の国内調達と奥の深いサプライチェーン、安価な人件費等による、「国内生産・海外輸出の立地優位性」が、成功要因となっている。消費面については、膨大な電力需要を背景とする、西部メガソーラーへの大規模投資と、変動の大きい太陽光発電の大量導入を可能とするためのスマートグリッド政策の推進が挙げられる。これらの施策により、今後は、従来の「国内生産・海外輸出」一辺倒の産業から脱却して、一定の内需に裏打ちされた産業構造への変革が期待できる。

　図3は、環太平洋各国の太陽電池製品のアーキテクチャ・ポジションをまとめた図である。縦軸が擦り合わせ軸、横軸がモジュラー軸である。日本が知識・資本集約型の擦り合わせ軸に位置するのに対し、中国のウエハ、セルは、同じ擦り合わせ軸でも対極の労働集約型のポジションを採る。米国の太陽電池産業は、First SolarやUni-Solarの例に示されるとおり、知識・資本集約型のモジュラー軸に位置するのに対し、中国のモジュラーメーカーは労働集約型モジュラー軸に位置する。これに対し、韓国は資本集約的なモジュラー軸に位置し、台湾はちょうど2軸が交差するポジションにあって、どちらにも対応できることを示している。それぞれ独自の強みをもつ、中国、台湾、

　日本が、共同する際には、この全体構造を理解し、相互補完性
の高い戦略を組む必要がある。

図3　環太平洋太陽電池製品アーキテクチャ・ポジション

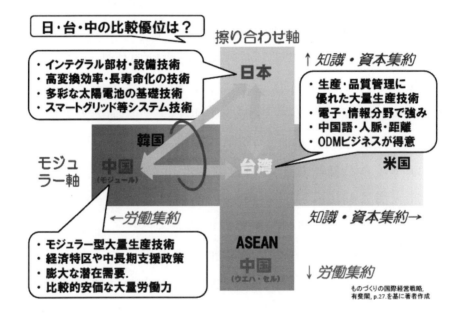

中国市場を目指す日台共同戦略案

　以上、3つの視座から、中国太陽電池産業のものづくり経営
の実態を明らかにした。これらの分析結果に基づく以下3つの
日台共同戦略を提案する。

一、【戦略A】インテグラル型部材・設備をコアとする共同戦略

　一つ目は、高度なインテグラル（擦り合わせ）型部材と設備をコアとする共同戦略である。中国太陽電池メーカーの最重要課題は、高変換効率化・長寿命化・低コスト化の3点である。その実現に必要な高度な部材や設備は、日本の得意とする擦り合わせ要素の強い領域である。これらを効率よく使いこなし、安定した大量生産に結びつける技術は、台湾が優れている。台湾と共同開発した使いやすい部材・設備を中国メーカーに販売し、中国での安価な大量生産に結びつける戦略である。部材ビジネスと、モジュール買い戻しを組み合わせたビジネス展開も可能である。

図4　【戦略A】インテグラル型部材・設備をコアとする共同戦略

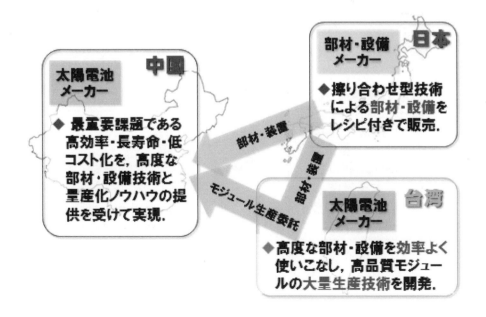

二、【戦略B】内インテグラル／外モジュラー型高変換効率・長寿命モジュール戦略

　二つ目は、日本の「高変換効率セル・長寿命モジュール」技術をベースに、台湾と共同で大量生産可能な技術をパッケージ化し、中国にライセンス販売や生産委託する戦略である。（内）インテグラルな技術を、使いこなし容易な（外）モジュラー型製品に変換して大量導入に成功した事例は、インテルのMPU等、数多く見られ、典型的な成功パターンである。

図5　【戦略B】内インテグラル／外モジュラー型高変換効率・長寿命モジュール戦略

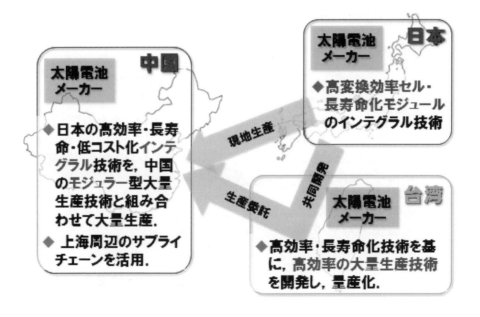

三、【戦略C】内モジュラー／外インテグラル型スマートグリッド戦略

　三つ目は、中国のメガソーラーやスマートグリッドに、日本のシステム技術と台湾のIT・電子基幹部品を組み合わせて販売する「内モジュラー／外インテグラル型」の共同戦略である。日本は、スマートグリッドを将来のインフラビジネスに成長させるため、世界各地で実証研究を進めている。これら多方面でのインフラビジネスを成功させるためには、システムを構成する各要素を結合公差の大きいモジュラー型にパッケージ化し、仕向地の電力系や法制度、ニーズ等と擦り合わせたインテグラル型システムを素早く構築する必要がある。中国とのコミュニケ

図6　【戦略C】内モジュラー／外インテグラル型スマートグリッド戦略

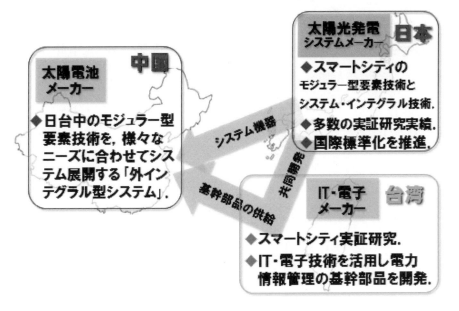

ーション力に長けた台湾が、中国のニーズをくみ取り、得意の電子・情報分野で基幹パーツに落とし込むことで、ビジネス化する戦略である。

四、太陽電池製品アーキテクチャの位置取り戦略

　内部アーキテクチャと外部アーキテクチャがそれぞれインテグラル型かモジュラー型か分類し、その組み合わせを考える場合、それぞれの組み合わせが異なる組み合わせパターンで高収益を挙げられることが知られている[9]。例えば、内インテグラル／外モジュラーの典型的な例は、インテルのMPUである。一方、内モジュラー／外インテグラルの典型例はDELLのパソコンである。このフレームに、前記3つの戦略製品のアーキテクチャの位置取りを示したのが図7である。

　戦略Aは、高性能だが使いこなしが難しい「内インテグラル／外インテグラル型」の日本の部材・設備製品を、台湾の使いこなし能力・大量生産能力・コミュニケーション能力によって、中国メーカーが使いやすい「内インテグラル／外モジュラー型」の製品に変換して売り込む共同戦略であることが理解できる。

　戦略Bは、中国の「内モジュラー／外モジュラー型」の汎用モジュールに対し、日本の高変換効率・長寿命化技術をベースに台湾メーカーと共同でカプセル化した大量生産技術を開発

9　新宅二郎、天野倫文、前掲書。

し、「内インテグラル／外モジュラー型」として中国メーカー
に売り込む戦略である。

　戦略Cは、日本が開発したメガソーラーシステムもしくはス
マートグリッドシステム用のモジュラー型製品を、台湾メーカ
ーと共同で、販売先である中国の各地域特性に擦り合わせた
「内モジュラー／外インテグラル」型のシステム製品として売
り込む共同戦略である。

　戦略A，B，Cのいずれにおいても、内と外でインテグラル型
とモジュラー型の組み合わせパターンが異なる高収益モデルに
位置していることが分かる。

図7　太陽電池製品アーキテクチャの位置取り戦略

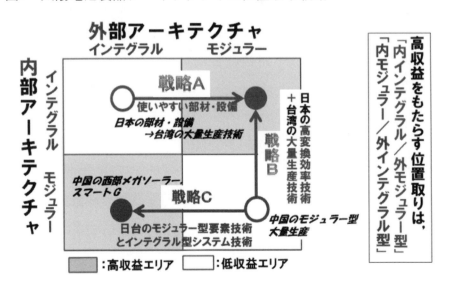

まとめ

　中国のものづくり経営を、アーキテクチャ、組織能力、産業地理学の3つの視座から分析し、「インテグラル型部材・設備をコアとする共同戦略」、「内インテグラル／外モジュラー型高変換効率・長寿命モジュール戦略」、「内モジュラー／外インテグラル型スマートグリッド日台共同戦略」、の3つの戦略を提案した。今後、これらの戦略の妥当性が、実際のビジネスを通して実証されることを期待している。

[謝辞]

　本研究は、日本文部科学省平成22〜23年度科学研究費補助事業（科学研究費補助金「研究活動スタート支援」）の支援を受けて実施した。ここに感謝の意を表する

【参考文献】

菊池珠夫、Tech-On!、http://techon.nikkeibp.co.jp/article/COLUMN/20120416/212855/。

新宅二郎、天野倫文、『ものづくりの国際経営戦略—アジアの産業地理学—』、有斐閣、2009。

戴二彪、岸本千佳司、「中国の『留学生企業』の躍進と地方政府の役割」、赤門マネジメントレビュー、10巻、1号、2011.1。

太陽光発電事業戦略支援データ（2011/2012年版）資源総合システム、p.243。

日経エレクトロニクス、2012.4.16、pp.19-22。

藤本隆宏 (2001)「アーキテクチャの産業論」『ビジネス・アーキテクチャ—製品・組織・プロセスの戦略的設計』有斐閣。

Baldwin, C. Y. and K.B. Clark (2000) Design Rules: The Power of Modularity, Vol.1, Cambridge, MA: MIT Press.

PV-Tech、http://www.pv-tech.org/news/first_solar_and_suntech_led_2011s_module_manufacturer_rankings_says_lux_res。

Ulrich, K. T. (1995), "The Role of Product Architecture in the Manufacturing Firm,"Research Policy, Vol.24, 419-440.

日本化する台湾エレクトロニクス産業のものづくり[1]

－奇美グループの液晶テレビ開発事例－

長内　厚

（早稲田大学大学院商学研究科准教授）

---

[1] 本稿は、長内厚(2009)「オプション型並行技術開発－台湾奇美グループの液晶テレビ開発事例－」『組織科学』Vol. 43、No. 2、pp. 65-83.に大幅な加筆修正を加えたものである。

はじめに

　台湾エレクトロニクス産業の特徴を一言で言うと、部品や
OEM/ODMなど優れた技術開発は、事業成果をもたらすための
一要因であるが、最終的な製品となった時にそれが顧客のニー
ズと合致したものでなければ、市場での評価には結びつかない
(椙山, 2005; 延岡, 2006; 長内, 2007b)。R&Dのマネジメントに
関するこれまでの研究においても、R&Dの方向性と市場の方
向性とを一致させるための統合活動の重要性が指摘されてきた
(Clark & Fujimoto, 1991; Iansiti, 1998)。

　従来の議論では将来の顧客ニーズはある程度予測可能である
ということを前提に、事前に予測されたニーズと技術開発・製
品開発との方向性を調整することが統合の専らの目的とされて
きた。本稿は、更に将来の顧客ニーズに高い不確実性が伴い、
事前のニーズの特定化が困難である場合の統合の可能性を論じ
たものである。

　具体的には、製品開発プロジェクトが始動する際、顧客ニー
ズの不確実性が高く、ニーズに合致する製品仕様が先行技術
開発段階で確定できない場合を想定している。本稿では次の2
つの論点について議論を行う。ひとつは、複数の異なるコン
セプトや製品仕様に基づいた技術開発を並行的に行うことによ
って、いわばリアル・オプション的に技術開発をマネージし、
「予測精度を高める」のではなく、「予測の必要性を減じる」
方策を示すものである。2つめは、並行開発には、新たに開発

コスト増加のリスクが生じるので、コスト増加を抑制するために外部のR&D資源を活用したR&Dマネジメントが求められるということである。これらの議論を提起するため、本稿では、大手液晶ディスプレイメーカーである台湾の奇美(Chimei)グループの液晶テレビ開発事例を分析した。

R&Dの統合と将来の不確実性のマネジメント

一、並行開発による不確実性の低減

　昨今のデジタル家電のように複雑で多機能な製品は、様々な要素技術や部品によって階層化された製品システムとして成立しており、その開発組織も様々な社内部門として階層化されている(Simon, 1996)。優れたR&Dには、階層化されたR&D組織を構成する各部門が相互に調整され、製品コンセプトが首尾一貫していることが求められる。製品コンセプトは更に市場における顧客のニーズとも合致していなければならない。このR&Dの方向性を統一する調整プロセスは、統合(Integration)と呼ばれている(Clark & Fujimoto, 1991; Iansiti, 1998; 椙山, 2005)。

　R&Dと顧客ニーズとの統合を考える場合には、時間軸の違いを考慮する必要がある。R&D段階のある製品コンセプトが顧客ニーズと統合されるということは、製品の仕様やコンセプトが開発の初期段階に特定化されているということが前提とな

った議論である。しかし、顧客ニーズとは一定の開発期間を経て製品が上市されたタイミングにおける将来のニーズであり、それは開発の初期段階に判明しているニーズと必ずしも一致するとは限らない。一般的に、将来性の予測には、将来の不確実性リスクが伴い、そのリスクは予測時点から将来までの期間が長いほど高くなるものである(Amram & Kulatilaka, 1999)。R&Dの上流に位置する先行技術開発段階での顧客ニーズの予測には、製品開発段階での予測の場合より高い不確実性リスクが伴うと考えられる。

　Iansiti (1998) は技術開発と顧客ニーズとの統合がシステム・フォーカスと呼ばれる将来のニーズの予測プロセスによって行われることを示している。理論的には、システム・フォーカス能力が備わっていれば、より精度の高い予測が可能ということになる。しかし、Iansitiの議論ではいかにすればシステム・フォーカス能力を高められるのかということについては、必ずしも明らかではない。

　技術や市場の変化がインクリメンタルに進行するような産業であれば、過去の経験から将来の顧客ニーズの予測と特定化はある程度可能であるかもしれない。あるいは、技術開発と製品開発のプロセスをオーバーラップさせることによっても不確実性リスクの低減が可能であると考えられるが（藤本, 1998）、それでも技術開発が製品開発に先行して開始されることには変わりがない。将来の顧客ニーズの特定化が困難な場合は、事前の特定化ができないことを前提とする必要があり、そもそも予

測の必要性を低減することが出来れば、不確実性に対応することが可能であると考えられる。

　Ward, Liker, Cristiano and Sobek II (1995)は、自動車の車体デザイン決定プロセスの事例研究をもとに、開発する製品仕様をあらかじめ固定化せず、開発プロジェクト開始後の環境変化に応じて仕様を変更していくセット・ベース・コンカレント開発(Set –Based Concurrent Engineering)の考え方を示した。開発の初期段階において仕様を決めうちで行った場合、事後的な変更は他の部品やシステム全体に影響を及ぼし、結果的に開発期間やコストを増大させてしまう(藤本, 1998)。そのためセット・ベース・コンカレント開発においては、複数の技術仕様オプションを残したまま開発を進め、事後的にオプションの絞り込みを行っている。複数のオプションを走らせたとしても大規模な修正より効率的であるというのが、Wardらの主張である。オプションの選択を先送りしているという意味でセット・ベース・コンカレント開発は、リアル・オプション的な意思決定によって将来性予測の必要性を減じた統合プロセスということができる(Ford & Sobek II, 2005)。

　しかし、Wardらの研究において複数のオプションが設けられるのは、技術開発全般の並行化ではなく、自動車の車体デザインであるということに留意が必要である。意匠の並行開発において工業デザイナーが複数のスケッチやモックアップを製作するといったコストと、新規技術の開発プロジェクトを複数持ち続けるコストでは、追加的な投資のコストが大きく異なると

考えられる。Wardらの研究においては、金銭的なコストの問題が相対的に小さいため、複数オプションによるデザイン決定のリードタイム短縮の効果がメリットとして享受できるのである。それに対して、本稿のように新技術の並行開発を検討するためには、技術開発や設計、試作に伴う開発コスト増加という観点を考慮する必要がある。

　また、楠木(2001)は、製品コンセプトが流動的な段階では、コンセプトを特定化せず、複数のコンセプトに基づいた開発プロジェクトを並行して走らせて、切磋琢磨させることが重要であると示している。このR&Dの初期段階を並行化するという点は、リアル・オプション的な統合の考え方と整合的であると考えられる。しかし、楠木の研究においては開発プロジェクトの並行化の具体的な実施方法、とりわけ、並行化による開発コスト増の問題が解決されているとはいえない。

二、並行化による開発コスト増の問題

　並行化による開発コスト増加の問題は存在するものの、Ward et al. (1995)や楠木 (2001)が示唆するように、並行開発は将来の顧客ニーズの不確実性リスクを低減させる効果があるようである。

　そこで、本稿では、技術開発の初期段階では製品仕様を確定せずに複数の製品仕様に基づいた先行技術開発を並行的に行い、先行開発された技術が製品システムに組み込まれるタイミングまで採用技術の特定化を**行わない**ことによって、将来性リ

スクを低減させる開発プロセスを検討する。このような並行技術開発のプロセスを、本稿では「オプション型並行技術開発」と呼ぶことにする。

　図1はオプション型並行技術開発のフレームワークを示したものである。一般的に製品に組み込まれる要素技術の開発は製品開発よりも先行して行われる。技術開発プロセスを規定する製品仕様の特定化は、さらに先行して行われる(図1の(B))。一方、オプション型並行技術開発においては、技術開発は製品開発よりも先行して開始されているが、技術開発に先立って製品仕様の特定化は行わず、製品開発開始の直前のタイミングで技術の選択を行っている(図1の(A))。この技術選択の先送りによって、(A)と(B)との間の時間差分だけ、不確実性リスクを低減した意思決定を行うことが可能になっている。

　ところで、図1の(B)では、要素技術開発に先行して製品仕様の規定が行われることを示しているが、この点は若干の注意が必要である。製品開発に先行する研究開発プロセス（製品開発（R&DのD）に対してIndustrial Research（R&DのR）のプロセス）は、R&Dプロセスの最も上流に位置している。この“R”のプロセスには、基礎研究レベルの活動から、最も製品開発に近い応用開発レベルの活動まであり、上流のプロセスになればなるほど事前に明確な製品コンセプトや技術仕様が確定していない（あるいはその必要がない）と考えられる。従って、純粋な基礎研究になればなるほど、本稿で問題としているような事前の製品コンセプトの確定の必要性は低くなると考えられる。

　しかし、本稿の事例研究で示す先行技術開発とは、製品（テレビ）に組み込まれる部品レベル（画像処理エンジン）の研究開発プロセスであり、具体的な製品コンセプトや技術仕様を必要とする応用開発段階の活動である[2]。

　本論に戻ると、図1の(a)で開発オプションが増加していることからも明らかなように、並行技術開発においてはオプションの数だけ技術開発プロジェクトが増加することになるので、将来の不確実性リスクの低減とトレードオフの形で、先行技術開発のコストの増加が見込まれる。しかし、先述のようにこれまでの議論では並行技術開発による開発コスト増加を回避する方策は示されていない。

　並行技術開発は多様な製品開発を可能にするが、個々の開発プロジェクトはその中での最適化を追求する傾向があり(延岡,1996)、全体としては開発コスト増加のリスクを招く恐れがある。延岡(1996)のマルチプロジェクト戦略では、個々の開発プロジェクトを独立させるのではなく、親モデルの技術を派生モデルに応用する並行技術移転戦略によって、こうした開発コストの増加を押さえることができるとしている。しかし、マルチ

---

[2] R&DのRに相当するプロセスを基礎研究、応用研究、開発研究とする分類は、総務省統計局「科学技術研究調査」によるものであるが(文部科学省, 2005)、それぞれの定義はやや曖昧であり、具体的にどのような業務がどの分類に該当するか、厳密に区分することは現実的には難しいと言われている(藤田, 2003)。本稿では、純粋な科学的発見を目的とする基礎研究以外の、新しい科学的発見や既存の技術の新しい組み合わせによって、製品を構成する要素技術や部品を開発するプロセスを先行技術開発と呼ぶことにする。

プロジェクト戦略は、ひとつの要素技術をいかに多くの派生製品に活用するかという議論であり、そもそも要素技術段階での多様性を確保するという本稿の議論とは相容れない。

　そこで本稿では、並行開発コストの増加回避策として、アウトソーシングによる並行技術開発のマネジメントの可能性を提起する。ここで注意すべきことは、開発業務の外部化と自社のコア・コンピタンス強化をどのように両立させるかという点である。

　アウトソーシングの議論は、企業は競争優位の源泉となる自社のコア・コンピタンスの強化に資源を集中すべきであるというPrahalad and Hamel (1990) の議論の延長上にあり、アウトソーシングされる業務は、競争上重要でない業務であると考えられてきた。しかし、武石 (2003) が指摘するように、競争上重要な業務と重要でない業務を峻別することは容易ではなく、現実的には企業は競争上重要な業務を外部化しながら、自社のコア・コンピタンスを確立する必要に迫られる。とりわけ本稿においてアウトソーシングの対象となるのは、競争優位の源泉となりうる要素技術を開発する先行技術開発のプロセスである。議論のもうひとつのポイントは、まさに先行技術開発のアウトソーシングとコア・コンピタンス強化との両立が可能であるかということである。次節では台湾液晶テレビメーカーの事例研究を行い、その後にオプション型並行技術開発の実施形態としてアウトソーシングのプロセスとその特徴を明らかにする。

図1　オプション型並行技術開発

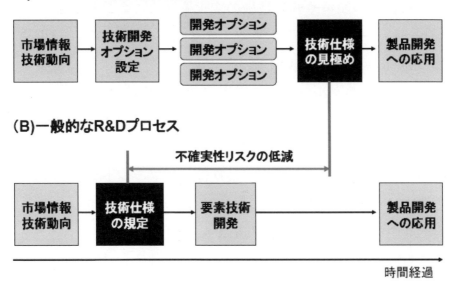

出典：筆者作成

事例研究

一、調査方法

　本稿の事例研究では、液晶パネル・メーカー大手の奇美電子股份有限公司(CMO)を傘下に置く奇美グループの液晶テレビ開発事例を取り上げる。

　本研究において台湾奇美グループの液晶テレビ開発事例を取り上げた理由は、次の2点である。第1に、液晶テレビは今日のエレクトロニクス産業を代表する事業分野である一方、ブラウ

ン管テレビから液晶、PDP、有機EL(OLED)などの様々なFPD
（フラット・パネル・ディスプレイ）テレビへの移行期にあ
り、規格間の競争や要素技術の変化も激しく、最終製品である
テレビのメーカー別シェアも絶えず変動し続けており、技術や市
場の動向には極めて高い不確実性が存在しているためである[3]。

　第2に、奇美グループは、世界のテレビ用液晶パネル5大メー
カーの一角に位置し、日本では一般には液晶パネル・メーカー
として知られている。とりわけ奇美は台湾の中でもテレビ用液
晶パネルの開発を得意としており、自社ブランドの液晶テレビ
事業では台湾内で高い販売シェアを有しており、この分野の代
表的な企業であるといえるためである。

　これらの理由から、奇美グループの液晶テレビ開発の事例を
分析することとした。

　調査にあたって、奇美実業股份有限公司（グループ本社）創
業者の許文龍氏、グループ傘下の液晶テレビメーカーである新
視代科技股份有限公司総経理（社長）の許家彰氏、同社マネジ
ャーの林偉民氏を始め、新視代科技の開発エンジニア、デザイ
ナー、パネル開発を行う奇美電子のマーケティング担当者及び
広報担当者、画像処理エンジンの開発を行う奇景光電股份有限
公司総経理室の洪乃權氏など、液晶テレビ開発に関わる奇美グ
ループの各担当者に対してインタビューを行った。これらのイ

---

[3]　我が国で販売されるテレビは、ほとんど全てFPDにシフトしているが、全世界トー
　タルで見ると、途上国を中心にブラウン管テレビの市場も大きく、依然として
　技術転換の過渡期にあるといえる(長内, 2009)。

ンタビューは、2005年8月から2006年10月にかけて、奇美実業
と奇美電子については台湾南部の台南縣の本社にて、新視代科
技については台南縣の本社及び台北縣の事業所にて、奇景光電
については台湾北部の新竹市の事業所にてそれぞれ実施した
（図2）。また、追加的なインタビューを、新視代科技の許家
彰総経理には、2007年11月に東京都中央区の日本CMO株式会
社本社と2008年9月に台湾台南縣の新視代科技本社において、
また、台湾の大手家電量販店である燦坤実業股份有限公司の呉
昱融店長に対して2008年9月に同社本店（台南旗艦店）にて行
った。

図2　奇美グループ

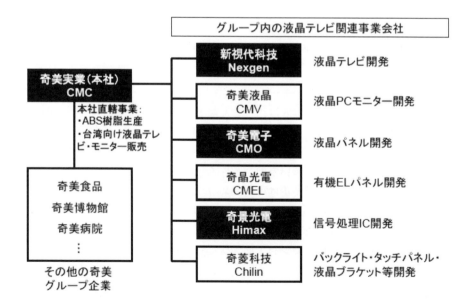

出典：筆者作成

二、奇美グループの概要

　奇美グループは創業者の許文龍氏が1959年に台湾の台南地域に設立した台湾第6位の財閥であり、グループの中核企業である奇美実業(CMC; Chi Mei Corporation)は世界最大のABSメーカーとしても知られている（黄, 1996; 西原, 2002）。奇美グループは1997年には奇美電子(CMO; Chi Mei Optoelectronics)を設立し液晶パネル開発に参入[4]、2001年には滋賀県野洲市にあった日本IBMのTFT液晶製造事業所を買収し大型液晶パネルの開発・製造を行うIDTech(International Display Technology)を設立した。IDTechの設立はIBMからの要素技術の移転というよりも工場管理のノウハウやIBMの顧客を引き継ぐことが目的であったと言われており、液晶パネルの技術開発は奇美電子が独自に行っている(新宅・許・蘇, 2006)。その後、IDTechの野洲事業所は、2005年にソニーに売却されている[5]。

---

[4] 奇美の液晶パネル開発への参入は、奇美実業が液晶用カラーフィルターの開発の要請を受けたことに端を発している。許文龍氏はインタビューにおいて、「よくよく液晶のことを勉強してみると、液晶パネルにはケミカルの技術が多く使われていることが分かった。奇美以外のパネルメーカーは全てエレクトロニクスが出自であるが、むしろ液晶パネルは化学工業の方が近いと思い、奇美電子を設立し自分たちでパネルを作ることにした。」と述べている。

[5] 奇美傘下の野洲事業所では、高性能なTFT液晶パネルの開発・製造が行われ、ソニー売却時に低温ポリシリコンTFT液晶の生産ラインに改修されている。低温ポリシリコンTFT液晶の製造設備は有機ELの製造にも転用可能な技術的に高度な設備であり、奇美電子の高い技術開発力を示す傍証でもある(http://www.idtech.co.jp/ja/news/press/20050107.html)。また、奇美グループでは奇晶光電(CMEL; Chi Mei EL Corporation)が有機ELの開発・製造を行っている。

　現在、奇美電子は出荷額で第4位のテレビ用液晶パネル・メーカーである（図3）。台湾の液晶産業は、先行企業との技術提携によって日本や韓国に比べて古い世代の液晶製造ラインを譲り受けてPCモニターなどに使われる小型〜中型パネルの生産を低コストで行うことを得意としている(Murtha, Lenway, and Hart, 2001)。しかし、奇美電子は、先述のように先進的な技術開発に注力しており、比較的新しい第5世代、第5.5世代の製造設備を中心に保有している。これらの製造設備では、26インチ、32インチ、37インチなどの液晶テレビ用のパネル生産を得意とし、更に大型サイズの液晶生産の投資も積極的に行っている。奇美電子で生産された液晶パネルはグループ内のテレビ、PCモニターなどの製品開発に使われるだけでなく、日本、韓国、中国、欧州などの家電メーカーにも外販されている[6]。

　奇美グループは、2002年に液晶テレビセット（テレビ本体）の開発・製造にも進出し、セット開発・製造を手がける新視代科技(Nexgen Mediatech Inc.)が台北縣に設立された[7]。2003年に20インチ、22インチ、27インチの液晶テレビの製造・販売を開始し、この年の年間販売台数は11万台、翌2004年には中国、欧州での生産を開始し、年間販売台数は25万台に成長した。現在では32〜50インチの大型モデルの製造・販売も行っている。設立当初は、日本・アメリカ・欧州などのメーカーの

---

[6]　奇美電子の広報担当者によると現在約90％のパネルがグループ外の企業へ外販されているという。

[7]　現在、本社は台南事業所に移されている。

ODM[8] 製品の開発・生産を主要な事業としていたが、今日では自社ブランドであるCHIMEIブランドの製品[9] を主力事業に育て、ODMビジネスからは段階的に撤退している（写真1）。

　新視代科技の従業員数は約400人（台湾のみ）で、そのうち約半数がR&Dエンジニアである[10]。製品開発は台南本社と台北の2カ所の事業所で行っている。製造は台南本社工場のほか中国、ドイツ、チェコ、メキシコの委託工場で行っている。

　奇美グループ内のその他の液晶テレビ関連企業としては、奇景光電(Himax Technologies, Inc.)が液晶テレビ用の画像処理エンジンの開発を担当している。奇景光電はいわゆるファブレス半導体設計企業であり、開発は台南、新竹、台北の3カ所の事業所で行っているが、製造は外部のファウンドリーに委託している(長内, 2007a)。また、化学製品部門の奇菱科技(Chi Lin Technology Co.)[11] では、液晶パネル・モジュール[12] を構成する

---

[8]　Original Design Manufacturingの略称で、他社ブランド製品の開発・設計から製造までを一貫して請け負う開発形態のこと。

[9]　http://www.chimei.com.tw/参照。

[10]　R&Dの人数には奇美電子の液晶パネルの開発エンジニアは含まれていない。

[11]　奇菱科技は、設立当初は奇美実業と三菱商事、三菱油化（現在の三菱化学）による合弁事業であったが、現在、三菱グループは合弁から撤退している。

[12]　液晶パネル基板、バックライト、インバーター回路、ドライバ回路、カラーフィルターなどの部品を金属フレームやブラケットによって一体化したモジュール部品。パネル・メーカーがテレビやPCディスプレイなどのセット・メーカーに販売するときにはモジュールの状態で納品され、一般に液晶パネルと言うときにはパネル・モジュールを差すことが多い。本稿中の液晶パネルの表記もパネル・モジュールのことを指している。

ブラケットや金属フレーム、テレビの筐体その他に用いる樹脂
成型品の開発・製造を行っている。

図3　テレビ用液晶パネルのブランド別売り上げシェア（2005年）

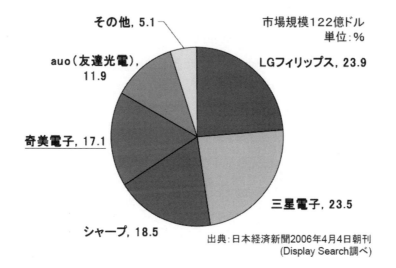

その他, 5.1

市場規模122億ドル
単位：%

auo（友達光電），
11.9

LGフィリップス, 23.9

奇美電子, 17.1

三星電子, 23.5

シャープ, 18.5

出典：日本経済新聞2006年4月4日朝刊
（Display Search調べ）

写真1　CHIMEIブランドの液晶テレビ

三、液晶テレビ開発の特徴

　テレビは数あるエレクトロニクス製品の中でも極めて多品種な製品開発が求められる製品カテゴリーである（椙山，2000）。通常、エレクトロニクスの製品ラインは、基本モデルから最上位モデルに至るまで、機能・性能の軸上に位置づけられた1次元の製品ラインを構成している。しかし、テレビの場合には、機能・性能の軸とは別に画面サイズと仕向地域によっても異なる製品バリエーションが求められ、3次元的な製品ライン構成になっている。

　一般的に製品を国際展開する場合には、ある地域向けの親モデルをベースに他の地域向けに修正を加えた派生モデルを開発することが多く、それは規模の生産性を得るのに適った方法である(Vernon, 1966)。しかし、テレビの技術規格や機能仕様は国毎に大きく異なっており、派生展開が難しい。

　例えば、カラー方式にはNTSC、PAL、SECAMの3種類があり、NTSC方式は米国、日本、台湾、韓国などで採用されている。しかし、同じNTSCでも日本とそれ以外の国ではチャンネル方式などの仕様が異なっている。更に米国、台湾、韓国の3地域ではチャンネル方式は共通であるが、音声多重システムに関しては、日本は独自の音声多重方式、米国、台湾はMTS方式を、韓国は韓国ステレオ方式を採用しており、いずれの国同士も共通の規格にはなっていない。同様にPAL圏（フランスを除く西欧、アジアなど）、SECAM圏（フランス、東欧など）でも国によって詳細な規格仕様は異なっている。デジタル放送で

は更に複雑さが増しており、NTSC圏のデジタル地上放送規格
では、日本はISDB-T方式、米国と韓国がATSC方式を、台湾は
欧州のDVB-T方式をそれぞれ採用している。放送規格以外で
も欧州と北米・アジアでは、アンテナ端子や外部ビデオ入力端
子の形状も異なっている。

　また、仕様の違いは技術規格に基づくものだけではない。日
本ではチャンネルの＋／－ボタンを押し続けた（ザッピングに
よる選局を行う）場合、放送局を一局ずつ選局、表示しながら
チャンネルが遷移していくのに対し、多チャンネルの北米や欧
州では、この方法では選局に時間がかかりすぎるため、チャン
ネル番号の表示だけが遷移して、ボタンを放した時に目的のチ
ャンネルだけが選局、表示されるというユーザーインターフェ
ースの変更を行う場合もある。地域によってこのように接続端
子や操作性が全く異なるというのは、他のエレクトロニクス製
品ではあまり見られない。テレビの製品開発においては、国の
数だけ製品仕様があるといっても過言ではない。

　これらの複雑な仕様の全てを網羅した万能テレビの開発はシ
ステムが極めて冗長になり、膨大なコストを要するため現実的
ではない。これまでブラウン管テレビを開発してきた多くのメ
ーカーでは、多品種開発に対応するため、地域毎にいくつかの
基本シャーシ[13]を開発し、共通機能は基本シャーシ内に取り込

---

[13] 基本シャーシとは、テレビの主要な機能を実現するための基本的な回路群（チュ
　ーナー、画像処理、ユーザーインターフェース処理、音声処理など）から構成さ
　れる回路基板のことである。

み、機種ごとに異なる機能は個別に追加的な設計を行うという
開発スタイルを採用していた（椙山, 2000）。

　新視代科技も画面サイズや基本仕様の違いによって年間30～
40機種の基本モデルを開発し、仕向地やグレードの違いによっ
て更に多くの派生モデルを開発している。しかも、液晶テレビ
では、ブラウン管テレビ以上のスピードで基本シャーシの開発
を行わなければならなくなっている。ブラウン管テレビでは、
成熟化したブラウン管の技術革新が緩やかで数年間に渡って同
じ部品が使われていたため、表示デバイスに対応するシャーシ
設計の変化も緩やかであった。

　しかし、表示デバイスが技術進化の激しいFPDに変わり、シ
ャーシ開発のスピード化が求められた。液晶パネルなどFPDデ
バイスの技術進化は日進月歩であり、ブラウン管に比べて極め
て速いスピードで新しい技術仕様に基づいたパネルが登場して
いる。例えば、ここ数年の間に従来よりも高精細なパネル技術
（フルHDパネル）や、高速表示処理技術（ハイ・フレーム・
レート）などが登場し、これらのパネルに対応するためには基
本シャーシ側、とりわけその中心的デバイスである画像処理エ
ンジンの新規開発が求められている。従来よりも短いスパンで
新規シャーシや画像処理エンジンの開発が求められる中で、従
来同様に地域毎に異なる仕様の製品開発が求められており、液
晶テレビの製品開発のポイントは、基本シャーシの効果的、効
率的な開発であるといえる。

　基本シャーシ開発の中でも、とりわけ競争優位の獲得に関わ

る中心的なデバイスが画像処理エンジンである(小笠原・松本, 2005)。画像処理エンジンは、開発の効率化、低コスト化を狙って機能の集積化が進んでおり、画像処理以外にもテレビが持つ様々な機能の制御を内部に取り込むようになっている。その結果、テレビの仕様変更は、画像処理エンジンの仕様変更に直結している。更に、地域毎の機能変化や表示デバイスの技術革新も画像処理エンジンが吸収することが求められる。

　これは、シャーシ開発の効率化と関連する。効率的にシャーシを開発するためには、地域毎にシャーシ開発を行うよりも世界共通のシャーシを開発した方が好ましい。しかし、テレビの仕様は地域毎に大きく異なるため、様々な仕様のバリエーションを全て併せ持ったシャーシを開発しようとすると、部品点数の増加により、かえって高コストになってしまう(椙山, 2000)。現在では、回路のデジタル化によって仕様の違いをハードウエアではなく、ソフトウエアが吸収できるため、デジタルプロセッサーである画像処理エンジンの中にこれらの仕様を埋め込むことが可能になっている(長内, 2006)。同様に、表示デバイスの違いも画像処理エンジンのソフトウエア設計によって吸収することができる。それでも膨大な機能を搭載しようとすると、画像処理エンジンを構成するCPUの性能やメモリ容量の増加が避けられない。ひとつの画像処理エンジンにどれだけの機能を追加して、どこまで共通化が図れるのか、あるいは、仕様によっては画像処理エンジンを複数作り分けた方がよいのか、画像処理エンジンの開発にはこれらの戦略的な判断が求め

られる。

　このように、今日の基本シャーシ開発の中核は画像処理エンジンの開発であり、画像処理エンジンを素早く、かつ、最適な仕様で開発しなければならない。

　しかし、技術や市場の不確実性の存在によって、画像処理エンジンの仕様を早期に策定することは極めて困難である。不確実性をもたらすひとつの要因は、液晶テレビがブラウン管テレビからの転換途上にある新しい産業であるということに由来している。

　技術革新の途上にある液晶パネルの性能の変化は、パネルと組み合わせる画像処理エンジンの仕様に影響を与える不確実性の要因となっている。例えば、2000年代前半は40インチクラスのテレビの解像度は、VGAクラス(垂直方向480ピクセル)が主流だった。これが2000年代中頃にかけてXGA(720〜768ピクセル)、現在ではフルHDパネル(1080ピクセル)が主流になってきている。高解像度化によって、画像処理エンジンの処理速度や搭載メモリ容量の増加が求められるため[14]、パネル仕様に合致した画像処理エンジンの技術仕様を策定しなければならない。

---

[14] 日本のA社が初めて商品化したフルHDパネル搭載のテレビの開発では、当時はまだフルHDの解像度に対応した画像処理エンジンがなかったため、基本シャーシに従来の画像処理エンジンを2個搭載せざるを得なくなり、シャーシコストが極めて高くなった。

　また、液晶パネルの製造技術や設備投資も発展途上にあり、パネルの価格や供給量は常にドラスティックに変化している。液晶パネルは液晶テレビのコストの大部分を占めるため、液晶テレビの販売価格にも大きく影響している。販売価格の変化は製品仕様にも影響を与えるため[15]、結果的に画像処理エンジンの仕様に影響を及ぼす不確実性の一因となっている。

　つまり、画像処理エンジンの仕様の策定プロセスとは、これらの不確実性に対応した将来予測のプロセスであるといえる。開発した画像処理エンジンがアンダースペックな仕様では競合製品との差異化に不利であるが、一方で、オーバースペックは、コストアップにもつながる。画像処理エンジンの性能とコストのバランスを考えるためには、製品仕様の策定に関わる不確実性を低減し、製品に求められる技術仕様との乖離を防ぐ必要がある。

四、画像処理エンジンの並行開発とアウトソーシング

　液晶テレビを構成する主要部品は、放送を受信して映像信号を取り出すチューナー、映像信号を表示デバイスに映し出すために必要な処理を行う画像処理エンジン、液晶パネルの3点か

---

[15] 例えば、1000USドル前後のテレビは、リビング用の主力製品となるので価格競争が優先される。2005年には1000ドル前後の価格帯の製品は26〜27インチクラスのテレビであった。この頃の高価な32インチ以上のテレビの市場は限定的であったので、高付加価値な製品仕様が求められた。しかし、2006年にはパネル価格が下落し、32インチが普及価格帯に入ってきた。そうすると、32インチテレビの製品仕様はより標準的な機能・性能に特化することが求められた。

ら成り立っている。テレビのチューナーはブラウン管の時代
よりモジュール化され標準部品として取引が行われている。一
方、液晶パネルは今日においても供給が安定的ではなく、セッ
ト・メーカーは複数のパネル・メーカーからパネルを調達する
必要に迫られる。このため、液晶パネルもモジュール化、標準
部品化が進んでおり[16]、各パネル・メーカーのパネル間の性能
差も極めて少ない。

　よって、液晶テレビの製品差異化は主にセット製品側の回
路で行われる。画像処理エンジンはセット製品の最も主要な
部品であり、製品の性能を大きく左右する。パナソニックの
「PEAKSプロセッサー」、ソニーの「ブラビア・エンジン」
などの画像処理エンジンは、各社の液晶テレビの大きなセー
ルスポイントとなっている(小笠原・松本, 2005; 榊原・香山,
2006)。

　奇美でも画像処理エンジンの開発を行っており、奇美の液晶
テレビに採用される数種類の画像処理エンジンは、総称して
「ChroMAXビデオ・エンジン」と呼ばれている。数種類のエ
ンジンを併用するのは、組み合わせるパネルや製品の仕様によ
って、複数のエンジンを使い分けているからである。このよう
な画像処理エンジンの使い分けは、日本の液晶テレビメーカー

---

[16] 奇美電子へのインタビューの中で、他の液晶パネル・メーカーにない機能や仕様
　をパネルに付加することによる差異化の可能性を尋ねたところ、付加価値の高い
　特殊な仕様のパネルよりも他社パネルと互換性の高い標準的なパネルのほうが顧
　客のニーズに適うと述べていた。

にも見られる。

　通常、新視代科技のR&D部門では、画像処理エンジン開発を自社内だけで行うのではなく、グループ内の奇景光電やグループ外の半導体設計企業[17]と共同して行っている。台湾には奇景光電以外にも画像処理エンジンを開発する半導体設計企業が、メディアテック(聯發科技股份有限公司；MediaTek, Inc.)、モーニングスター(晨星半導體股份有限公司；MStar Semiconductor, Inc.)、サンプラス(凌陽科技股份有限公司；Sunplus Technology Co., Ltd.)など多数存在している。特に奇美独自の画づくりに関わる部分の開発は新視代科技内部で行っているが、ベースとなるエンジンの半導体設計は、これら内外の半導体設計企業に委託して行われている。

　日本メーカーでも一部の画像処理エンジンのアウトソーシングは行われているが、奇美の事例でユニークなのは、新視代科技が常に複数社のグループ内外の半導体設計企業への開発依頼を同時に行っているという点である。新視代科技から依頼された半導体設計企業各社が開発する画像処理エンジンはそれぞれ少しずつ異なった技術仕様を持っており、最終的にはその中から採用するエンジンが選択される。先述の通り、テレビの仕様は千差万別であり、恒常的に複数の半導体設計企業が、それぞれ異なる特徴を持った画像処理エンジンを開発しセット・メー

---

[17] 台湾の半導体開発企業の多くは、設計までを行うファブレス企業であり、製造はファウンドリーに委託しているため、正確には「メーカー」ではない。本稿では、これらのファブレス開発企業を「半導体設計企業」と表記する。

カーに提供する状況になっている[18]。

　このように、新視代科技では先行開発段階においては採用する画像処理エンジンを特定化せず、複数の技術オプションを並行開発している。しかし、採用される技術は最終的には一つであり、技術の選択は、先行開発に続く製品開発がスタートするタイミングか、それ以降、基本シャーシの回路設計を集約し、これ以降には設計変更が不可能なぎりぎりの時点までの間の、いずれかのタイミングで行われている。その間、新視代科技は複数の画像処理エンジン候補をオプションとして保有し続けていることになる(図4)。

図4　画像処理エンジン開発プロセス

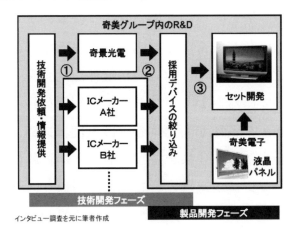

[18] 新視代科技の許総経理は2008年9月に行ったインタビュー調査において、「全ての地域に万能なエンジン開発企業はなく、各社にそれぞれ得意不得意分野がある。画像処理エンジン企業は、あまりの仕様の煩雑さに今後競争が厳しくなっても1,2社に収束することはないだろう」と述べている。

　このような画像処理エンジンの仕様確定の先送りは、顧客ニーズと合致した効果的な製品開発をもたらしている。画像処理エンジンには、単に画質の調整を行うだけでなく、液晶テレビの性能や製品仕様を規定する様々な機能が盛り込まれている[19]。画像処理エンジンの機能・性能が増えれば増えるほど、画像処理エンジン内部のメモリ容量や処理スピードが求められるため、機能・性能とコストはトレードオフの関係にある。そのため、画像処理エンジンの要求仕様が低すぎると競合製品に対して機能的・性能的に劣ってしまう反面、要求仕様を高めすぎると、コスト競争力を失うということが生じる。

　例えば、2006年に開発された主力機種のひとつ[20]では、X社とY社の2社に画像処理エンジンの開発を依頼していた。この機種では、製品開発に着手した後も採用する画像処理エンジンは未定のままその他の部分の設計を先行して開始していた。結局、画像処理エンジンの選択は製品に組み込むギリギリのタイミングで行い、当初有力と思われていた画像処理エンジンとは異なるエンジンが採用された。

　画像処理エンジンの変更は、次のような理由によるものであった。新視代科技のR＆D部門はこの液晶テレビに搭載する画

---

[19] 画像処理エンジンの仕様は、画質、対応パネル、対応放送信号、入力端子の数や種類、OSD（画面メニュー）、その他付加機能など液晶テレビの様々な機能や性能を左右している。

[20] 2008年9月の新視代科技の許総経理、燦坤実業の呉店長へのインタビューによると、2006年以降CHIMEIブランドの液晶テレビは成長を続け、2008年現在の台湾市場ではCHIMEIとソニーが液晶テレビの2大ブランドとなっている。

像処理エンジンの開発をグループ内の奇景光電を含む、数社の
IC開発企業に依頼していた。画像処理エンジンの開発が進む
中で、X社が開発するエンジンは機能的にはシンプルであった
が、コスト面では非常に有利になるポテンシャルを持っている
と考えられていた。一方、Y社が開発するエンジンはコスト面
では若干不利であったが、欧州や台湾のデジタル放送方式であ
るDVB-T方式に対応する拡張性を有しており、将来的にデジ
タル放送に対応した派生モデルを開発するときに最小限の設計
変更で対応することができるものであった。その他の開発企業
の画像処理エンジンもそれぞれの特徴を持っていた。

　この製品では低価格が重要な要素であったため、当初X社の
エンジンの採用をする方向で検討が進められていた。しかし、
各社のエンジンの開発が進むにつれ、X社のエンジンのコスト
・ダウンが想定したほど進まなかったことと、欧州の市場の反
応や現地の販売会社からのリクエストにより、デジタル放送対
応が予定よりも早く必要になりそうなことが明らかになった。
その結果、回路集約の直前でX社のエンジンの採用を見送り、
Y社のエンジンを採用することに決まった(図5)。ここでいう回
路集約とは、製品のオンライン（生産開始）を遅らせることな
く回路の変更ができるギリギリのタイミングのことである。

　画像処理エンジンは基本シャーシを構成する最も中心的な部
品である。画像処理エンジンを異なるメーカーのものに置き換
えるためには、通常では大規模な基本シャーシの設計変更を伴
うので、回路集約直前での変更は、大幅に開発を遅らせること

につながる。開発の遅れは発売の遅れにつながるため、事業の成否を大きく左右してしまう。しかし、新視代科技では、Ｘ社のエンジンでの設計を進めると同時に、Ｙ社のエンジンの採用の可能性を残し、いつでもＹ社のエンジンに置き換えられるように基本シャーシの開発を進めていた。

　規格化されたPCのCPUの載せ換えのように、シャーシと画像処理エンジンとの間のインターフェースのデザインルールが共通であれば、複数の画像処理エンジンをハンドルすることは難しくはない。実際、PCメーカーは、価格や技術の変化が激しいCPUをマザーボードに搭載しない状態である程度生産しておいて、出荷直前に最新のCPUを載せるということをしている。

　しかし、液晶テレビの画像処理エンジンは、メーカー毎に異なるプロセッサーを使っており、ICのサイズやピン配列、インターフェイス仕様なども異なっており、そのまま他のICに載せ換えるということはできない。異なる画像処理エンジンを採用するためには、シャーシ設計そのものを大幅に変更しなければならない。奇美のケースでは、事前に画像処理エンジンの変更の可能性を想定し、どのようなエンジンの候補が存在するかを認識していたと思われる。そのため、エンジンの変更に備えて、シャーシ側の設計変更の準備をしておくことができたと考えられる。その結果、開発スケジュールを遅らせることなく、このタイミングでの画像処理エンジンの変更が可能であったのである。

　先述の通り、効果的な画像処理エンジンの開発には、画像処理エンジンの技術仕様が、パネルや製品の使用に対応して、ダウン・スペックにもオーバー・スペックにもならないことが重要である。しかし、顧客ニーズが流動的な段階では画像処理エンジンの要求仕様を事前に確定することは困難である。

　また、画像処理エンジンの開発は数ヶ月サイクルで行われており、最新のエンジンほど、低コストで高性能であるが、ソフトウエアのデバッグが不完全であることが多く、最新のエンジンほど品質面のリスクも存在することを新視代の許総経理は指摘している。採用するエンジンの決定を先送りすることは、品質に関わるリスクの見極めにも効果を発揮している。

図5　画像処理エンジンの採用決定プロセス

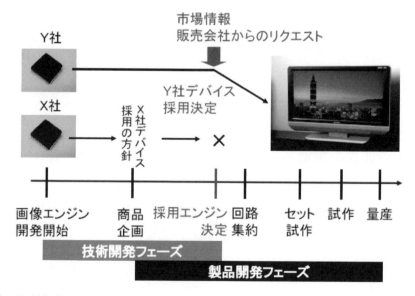

出典：筆者作成

　以上の新視代科技の開発事例をまとめると、画像処理エンジンの開発には将来の顧客ニーズや品質に関わる不確実性が存在しており、同社では、先行開発段階で一つの技術に特定化せず、複数の技術オプションを並行開発させることでこれらの不確実性リスクを軽減していることが分かった。

五、アウトソーシングの開発コスト

　ところで、不採用技術の開発コストが単にサンクコストとして積み上がってしまうのでは、液晶テレビメーカーにとって効率的な技術開発とはいえない。実際、ある製品で不採用となった技術が奇美の他の製品に使われることもあるが、奇美の液晶テレビに全く使われない場合もある。しかし、新視代科技は半導体設計企業に対して開発した部品の買い取りや開発費用負担を行うということをしていないので、様々な開発オプションを持つことによって生じるコスト増加は発生していない。

　その代わり、新視代科技自身が開発する一部分を除けば画像処理エンジンはあくまで汎用製品として開発され、半導体設計企業はそれを競合液晶テレビメーカーにも販売している[21]。不採用の技術だけでなく、採用された技術が他社に供給されるこ

---

[21] 例えば、半導体設計企業と共同開発する画像処理エンジンには新視代科技が独自に開発したビデオエンハンサーなどが組み込まれているが、ビデオエンハンサーを取り外した画像処理エンジンにも標準的な画像処理エンジンとしての機能は搭載されており、標準部分のみを汎用製品として半導体設計企業が他社に販売することがある。

ともある。汎用品として開発し開発負担をしないことで、新視代科技は開発コストを増やすことなく、複数の技術オプションを手に入れている。

　では半導体設計企業にはどのようなメリットがあるのであろうか。半導体設計企業は、半導体以外の部品や製品システム、あるいは製品市場に関する知識や情報に乏しい。半導体設計企業はセット・メーカーとのつきあいを通じてこれらの知識や情報を入手して画像処理エンジンの開発に活用しているのである。

　例えば、ある半導体設計企業は、映像信号の解像度変換に関する技術には長けていたが、テレビとしての製品仕様には疎かった。この企業が新たにアメリカのデジタル放送の信号処理と解像度変換を1チップ化した画像処理エンジンの開発を企図したが、公式な規格書だけでは分からないデジタル放送モジュールに必要な仕様などの情報の提供を新視代科技に求めてきた。新視代科技は、この半導体設計企業にアメリカのデジタル放送に関する情報を提供する代わりに、自社の要求仕様に従った画像処理エンジンの開発を求めることが出来た[22]。

---

[22] 最終製品の仕様に関する情報は、半導体設計企業の事業の成否に大きな影響を及ぼしている。2000年代の前半にアメリカでは連邦通信委員会(FCC)が、アメリカで販売されるテレビにはATSC方式のデジタルチューナーを搭載することを義務付けるルールを施行し、各メーカーは、様々なATSC対応テレビを開発した。しかし、アメリカの顧客の多くはケーブルテレビに加入して、ケーブルテレビチューナーをテレビに接続して視聴しているため、内蔵のチューナーは使わないことが多く、顧客は内蔵チューナーの機能にはそれほどこだわりがなかった。半導体設計

　液晶テレビメーカーと半導体設計企業のこうした互恵的な関
係を前提に、無償での開発依頼を半導体設計企業は請け負って
いるのである。この両者の関係について新視代科技の許総経理
は2008年9月のインタビューにおいて「新視代科技は液晶テレ
ビ開発のノウハウを提供し、半導体設計企業は開発リソースを
提供するというギブ＆テイクが成り立っている。競合メーカー
に対する情報流出のリスクがないわけではないが、基本的には
半導体設計企業と情報共有して協力してやっている」と述べて
いる。

　先述のように台湾にはこうした画像処理エンジンを開発する
企業が多数ある一方、台湾内外を含め、多数の液晶テレビメー
カーが各地域でひしめき合っている。世界各国の液晶テレビメ
ーカーも台湾製の画像処理エンジンを多く採用しており、メー
カーとサプライヤーが多数存在した市場となっている。

考察

一、オプション型並行技術開発による擦り合わせ

　奇美における画像処理エンジンの開発プロセスを再度図4で
確認する。技術開発の初期段階では、新視代科技のR＆D部門

　企業は、これらの情報をセット・メーカーから得ることによって、FCCルールに
適合する最低限のATSC仕様に対応した安価な1チップ画像処理エンジンという、
北米市場で現実的な仕様の画像処理エンジンの開発を行うことが出来た。

は画像処理エンジンの要求仕様の確定は行わず、個別に異なる画像処理エンジン開発をグループ内外の半導体設計企業に依頼していた（図4の①）。台湾企業は、日本企業と同様に、書面による取引契約を嫌う傾向がある。これらの開発要求や情報提供は、半導体設計企業との会議で行われる。半導体設計企業は新技術や既存の技術の改良などによって、液晶テレビメーカーに提案する技術の開発を行い、新視代科技にフィードバックする（図4の②）。新視代科技では、その後の技術や市場の変化や後工程の進捗を見ながら、回路集約のタイミングまでに採用する技術を確定する（図4の③）。この開発プロセスでは、開発初期に顧客ニーズや製品仕様が確定できなくても、不確実性がある程度低減した後に、将来の顧客ニーズと合致した技術を選択することが可能になっている。

　複数の技術開発オプションの保有が、将来の不確実性を低減するということは、早期の意思決定が必ずしも効果的な技術統合をもたらすものではないということ示唆している。藤本(1998)のフロント・ローディングの議論は、意思決定を早くすることで効果的な統合を行うというものである。一方、本稿のオプション型並行技術開発による技術開発と市場との統合では、意思決定を遅らせることによって効果的な統合がもたらされているといえる。このことは、変化の激しい環境のもとでは、開発ステージのオーバーラップは開発リードタイム短縮に貢献しないというEisenhardt and Tabrizi (1995)の指摘とも整合的である。

　ところで、先行技術開発部門が直面する将来の不確実性リスクは、開発する技術の仕様に影響を及ぼしている関連技術や採用技術の品質、市場の将来動向に関わる不確実性である。将来の不確実性は、予測する将来までの期間が長ければ長いほど高まるので、R&Dの上流部門になるほど、最下流に位置づけられる将来の予測が困難になるといえる(Amram and Kulatilaka, 1999)。

　また、技術の不確実性と市場の不確実性は、互いにもう一方の不確実性を高めている可能性がある。技術と市場との関係はどちらか一方が他方を規定するというものではなく、相互に影響しながら規定されると考えられる（沼上, 1989）。ある技術や製品の登場が、市場における顧客ニーズを大きく変化させるような場合、技術が市場の不確実性を産み出す要因となる。一方、顧客ニーズが、技術や製品の開発の方向性を変化させる場合、市場が技術の不確実性を産み出すという要因になる。

　つまり、技術と市場の2つの不確実性は別個に考えるのではなく、双方を同時に見据えて予測する必要がある。将来の不確実性を見据えた製品コンセプト開発において先行技術開発部門が重要な役割を果たすと考える理由は、市場の不確実性と同時に技術の不確実性を考慮する必要があるためである。これはIansiti(1998)が指摘した技術統合に求められる2つの能力である、システム・フォーカス能力と問題解決能力の幅広さという議論と符合する。システム・フォーカスとは、製品システムの仕様を予測することであり、製品システムの仕様は顧客ニーズ

が反映されたものであるから、それは顧客ニーズとの予測と同一である。一方、問題解決能力の幅広さとは、ひとつの技術領域における問題解決能力だけでなく関連する様々な技術領域の問題解決への理解が、技術変化に対応しやすくなるという意味である。これは、技術変化の不確実性への対応に不可欠な能力であるといえる。Iansitiは、これらの2つの能力を高めることで技術と市場の将来性を予測する精度が上がるということを論じている。しかし、オプション型並行技術開発は、これらの能力の際だった優秀さが求められるという議論ではない。確かに、本稿の議論でもある程度は技術と市場の将来性を予測する能力が求められる。それは、複数のオプションを用意するにしても全く見当外れなオプションを設定するのでは意味がないからである。しかし、複数のオプションという幅を持たせることによって、「予測の能力を高める」という議論ではなく、「予測の必要性を減じる」という方法で不確実性に対応できることが、本稿の議論のポイントである。

二、台湾固有のイノベーション・システムとの関係

　前節では半導体デザイン企業側のメリットは、セット・メーカーが持つ知識や情報であることを指摘した。これに加えて、セット・メーカーとの長期取引関係の重要性が、半導体メーカーにとってのインセンティブになっている可能性が考えられる。たとえ今回は不採用になったとしても、セット・メーカーとのつながりを絶つと今後の採用のチャンスを失ってしまうと

半導体メーカーが判断するかもしれない[23]。

　更に、セット・メーカーが持つ知識や情報の豊富さや、長期取引関係によるプレッシャーは、セット・メーカーの規模に比例するものと考えられる。奇美グループが大財閥であるという要因が背後にあることを考えたら、本稿の並行技術開発とアウトソーシングのフレームワークは単なる下請けいじめであり、セット・メーカーにとってのみ合理的なシステムであると思われるかもしれない。

　しかし、オプション型並行技術開発は、台湾固有のイノベーション・システムを前提にセット・メーカーと半導体設計企業の双方に合理的なR&Dマネジメントとなっている。そもそも、セット・メーカーが複数の半導体設計企業に画像処理エンジンの開発を依頼することができるのは、引き受け手となる半導体設計企業が多数存在していることが前提となっている。

　台湾のエレクトロニクス産業の特徴として、個々の開発機能毎に企業が独立しているということが指摘できる。日本や韓国の家電メーカーは、自社内に各種の部品や技術を開発する部門があり、同時に最終製品を開発するセット設計の部門を有している。また、製品カテゴリーは多岐にわたり、社内で様々な種類の製品を開発している。

---

[23] ただし、台湾市場は日本市場ほど垂直的な関係ではないので、長期的な関係がメーカーとサプライヤーとの対等な力関係に影響を及ぼすほどではないと考えられる。

　一方、台湾では、技術や部品レベルの開発とセットレベルの開発は別々の企業であることが多い。家電メーカーは、OEM/ODMなどの委託生産・委託開発も含めてセット開発のみを行うのが一般的であり、その多くは特定の品目だけを扱う専業メーカーであることが多い[24]。部品レベルの開発も、画像処理エンジンの開発専業であるとか、液晶パネル専業といった、1部品1企業単位で多数の部品メーカーが存在している。

　セット・メーカーは、最終製品の一般顧客を相手に、様々な顧客のニーズや市場の環境に対応しながら製品開発を行っている。セット・メーカーは、市場とのインターフェースを持つ中で、絶えず変化する顧客ニーズや市場に関する情報を社内に蓄積し続けている。部品メーカーは、特定の技術を開発するシーズを保有しており、それを活かしてセット・メーカーが開発する製品に組み込まれる部品を開発している。この時、どの様な仕様の部品を作るかは、最終製品の仕様に依存することになるが、顧客ニーズや市場の不確実性が高いと仕様の策定は困難なものとなる。しかも、部品メーカーは顧客や市場と直接的に接しているわけではないので、これらの情報は、専らセット・メーカーから得ることになる。これらの部品メーカーの多くは、特定のセット・メーカーの系列下に置かれているわけではないので、同時に多数のセット・メーカーと日頃から交渉を持ち、自社部品の売り込みだけでなく、セットに関する情報を聞き出

[24] この特徴は、中国のエレクトロニクス産業にも見られる。

す「ご用聞き」的な活動を日常的に行っている。

　他方で、セット・メーカー側もその多くが自社内に特定の要素技術や部品を開発する資源を持たないことが多いので、多くの部品メーカーの技術や部品を日頃から検討し、開発プロジェクト毎に最適な部品の購買を行っている。

　このように部品を取引する売り手、買い手のプレーヤーが多数存在し、流動性の高い市場を形成していることによって、セット・メーカーによる「下請けいじめ」的な負担を部品メーカーに強いることを防いでいる。すなわち、多様なセット・メーカーとのパイプがあることで、部品メーカー側も顧客を選ぶことができる環境にあるということである。仮にある部品が、特定のセット・メーカーに採用されなかったとしても、それは、その時点でのセット・メーカーの開発プロジェクトにフィットしなかった部品であるというだけで、その他のセット・メーカーにその部品を売り込むチャンスは残されている。マクロ的に見れば、セット・メーカー、半導体設計企業がそれぞれ多数存在している事によって、半導体設計企業側の画像処理エンジン不採用のリスクは大幅に低減されていると考えられる。

　製品を構成する技術や部品単位に開発企業が分かれている台湾のR&D環境は、台湾の産業発展の歴史的経緯に大きく関わっている。台湾の中小企業中心の産業構成は、1970年代の政府の中小ベンチャー企業振興政策に由来している(河添, 2004)。新視代科技の許総経理は「台湾人の多くは、大企業の中間管理職になるよりはたとえ中小企業であったとしてもトップマネジ

メントになりたいという意識が強く、それが中小企業中心の経済体制につながっている」と指摘している。台湾ではR&Dをひとつの企業の中の活動と捉えるよりも、台湾の産業界全体をひとつの単位として、製品開発プロジェクト毎に最適な技術の組み合わせになるように、それらを開発する企業をad hocに組み合わせていると考えるべきである[25]。

　このような台湾のR&Dのシステムは、台湾固有の環境によって形成されたものである[26]。従って、本稿で紹介したR&Dの仕組みをそのままの形で他の産業や他国の企業の戦略に当てはめられるものではない。しかし、製品技術が高度化し複雑化するにつれて、製品開発コストは増加の一途をたどっており、日本や韓国のような垂直統合型企業においても、画像処理エンジンなど、様々な技術や部品のアウトソーシングは避けられない状況にある。

　本稿のようなアウトソーシングのマネジメントの活用は、NIH症候群に陥りがちな垂直統合型企業に有意な方策を示すことが出来よう(Katz & Allen, 1982)。例えば、既に日本のある液晶テレビメーカーでは、上位機種の画像処理エンジンは自社で

---

[25] ad hocな中小企業の企業の組み合わせによって形成されるR&Dの仕組みは、1970〜80年代の台湾半導体産業が契機となっている。台湾の半導体産業は工業技術研究院(ITRI)が中心となり、多数の中小規模のIC開発企業（ファブレス・半導体設計企業）と生産だけを一手に引き受ける製造受託企業（ファウンドリー）による独特なR&Dシステムが企業の境界を越えて形成された(長内, 2007a)。

[26] このような特定の環境条件を前提としたある国や地域固有の研究開発システムはナショナル・イノベーション・システム（NIS）と呼ばれている(Lundvall, 1992)。

内製しながら、下位機種では、台湾の半導体設計企業と協力して開発している。台湾との共同開発では、新視代科技のケースと同様に、日本メーカー独自のアルゴリズムを暗号化して台湾の汎用チップに組み込むことで汎用品を使いながら、独自の画像処理エンジンの開発を可能にしている。本稿のケースは、台湾のみの問題ではなく、今後の我が国のものづくりにも重要なテーマを提供しうるものである。

三、アウトソーシングと競争優位の源泉

　最後に、新視代科技のアウトソーシングにおける競争優位の源泉についてもう少し深く考察したい。一般的に企業の内部にコア・コンピタンスを持つことは競争優位の源泉となるといわれる(Prahalad & Hamel, 1990)。

　しかし本稿の事例では、製品差別化の中心的な役割を果たすといわれる画像処理エンジンの開発を積極的にアウトソースしている。本稿のケースでは、画像処理エンジンの一部の独自技術は自社内に留めているものの、競合メーカーへのある程度の情報流出は許容されており、最も重要な技術を企業内部に留めるべきというコア・コンピタンスの考え方と両立し得ないように見える。

　確かに部品レベルで重要な業務のアウトソーシングを行ったとしても、製品システムレベルでの統合知識を企業内部に留めることによって競争優位を維持することができることがある(武石, 2003)。しかし、液晶テレビの様にモジュラリティの高

い製品開発においては、統合知識の重要性は低い。液晶パネルなどの部品は、汎用部品として様々なメーカーに供給されるため、排他的な統合知識をアーキテクチャの中に閉じこめることは難しい。

　それでは、本事例において何が奇美の優位性となるのであろうか。

　この事例で重要なのは、画像処理エンジンを製品に組み込むタイミングで新視代科技が必要な技術オプションを保有していたことである。仮に個々の要素技術が競合メーカーに流出したとしても、全く同じタイミングで全てのオプションを揃えることは難しい。同じ技術が入手できるにせよ、製品開発の適切なタイミングで入手できない限りは、開発リードタイムの短縮にはつながらない。とりわけ、技術や市場の変化の素早い液晶テレビ事業では、開発のスピードの重要性が極めて高くなる。仮に画像処理エンジンを他社が事後的に模倣したとしても、その時には既に次のタイミングの液晶パネルに最適な基本シャーシの開発に着手している。実際に奇美の製品開発のサイクルは3〜4ヶ月毎に新製品を導入するというものであり、他社の製品が市場に出る頃には、新たな環境のもとでの最適解が示されている。この様な条件の下では、事後的な模倣が競争優位の低下につながりにくいということが考えられる。

　もちろん、こうした製品開発は、台湾の他の液晶テレビメーカーが行うことも可能である。それでは、なぜ奇美は台湾市場でトップブランドになることが出来たのであろうか。新視代科

技が他の台湾液晶テレビメーカーと異なるのは、他の台湾メーカーが今なお主力事業としているODM/OEMビジネスから自社ブランドビジネスにシフトしている点である。これは前節の日本の垂直統合型メーカーがアウトソーシングを取り入れているケースの裏返しのような話であるが、奇美は、台湾のモジュラー型の製品開発の利点を活かしながら、液晶パネルから、画像処理エンジン、液晶テレビの開発、製造、販売まで垂直統合的なやり方をCHIMEIブランドビジネスに取り入れているということである。

　要素技術の開発から最終製品の販売までを統合的に手がけることによって、奇美は技術や市場の動向を幅広く入手することが出来るようなっている。こうした技術や市場に関する情報は、対半導体設計企業に対して有利な取引材料となるとともに、並行開発するオプションの範囲を規定することにもつながっている可能性がある。自社ブランドビジネスでは、開発する製品のコンセプトは自ら作り上げる必要があるが、OEM/ODM専業メーカーは、先述の半導体設計企業同様に「ご用聞き」として発注元の液晶テレビメーカーの仕様に従うだけである。OEM/ODMメーカーは、多数の取引先テレビメーカーとの関わりから、製品や市場に関する様々な情報が集まる可能性があると考えられる。しかし、情報を持っていることと、情報を活用することは別の話である。新視代科技も元々はOEM/ODMメーカーであり、様々な情報が取引先企業からももたらされていた。しかし、製品コンセプトを策定するにあたって、どのよう

な情報からどのような判断を行えば、商品力を高めることができるかということは、自社ブランドビジネスを始めてから試行錯誤を行って獲得してきた。自社ブランドビジネスを中核に据えた奇美の方が優れた製品コンセプトにつながる技術や市場の情報の取捨選択や解釈が可能であり、それらは半導体設計企業にとっても有益な情報源となっているのである。

　オプションの範囲の規定は、リアル・オプション的な意思決定を行うための重要な要素である。Adner and Levinthal (2004)は、リアル・オプションの適応範囲について議論している。技術や市場の不確実性が低く、将来性の予見が可能な場合には，DCF法による分析が可能である。また、技術や市場の不確実性が存在し、現時点ではひとつのオプションに限定できないが、オプションの範囲が確定できる（将来実現するオプションが予想した範囲内に存在すること）場合にはリアル・オプションによる分析が可能である。しかし、将来の不確実性がオプションの範囲を規定できないほどに流動的である場合、経路依存的な意思決定を行うしかないと指摘している。このことは技術開発のオプション設定において、何が最終的に採用されるオプションなのかの決定は先送りにすることができたとしても、初期段階において将来採用されるオプションを含んだオプションの範囲が設定できなければリアル・オプション的な意思決定が出来ないということである。

　すなわち、リアル・オプション的な意思決定を行うためには、オプションの範囲を確定するための情報が必要となる。繰

り返しになるが、本稿での不確実性は技術と市場に関するものであり、技術と市場の情報を出来る限り多く保有する企業ほど、オプションの範囲を的確に規定できると考えられる。オプションの範囲の規定にあたって奇美の優位性は、垂直統合的なビジネスがもたらす、技術と市場に関する情報であったと考えられる。

おわりに

　本稿では、奇美がアウトソーシングによって将来の不確実性リスクの低減を行いながら、垂直統合的なビジネスの展開を行っていることを示した。一方で、垂直統合的な日本メーカーにおいても、部分的なアウトソーシングという逆のアプローチで、製品開発の効率化を目論んでいる。これらの事柄が示す最も重要なメッセージは、すりあわせ型の統合とモジュラー型の分業は、対立的にとらえるだけでなく、両者の利点を活かしながらより効果的、効率的な製品開発が可能であるということである。特に日本メーカーは得意なすりあわせ型のものづくりの良さを維持しながら、モジュラー型の効率性を製品開発に組み込んでいくことが、価値獲得の重要な課題となろう。他方で、これまで高度なモジュラー化で日本と対極をなしてきた台湾のエレクトロニクス産業では、すりあわせ的な能力を身につけエンドユーザー向け製品の開発能力を高めようとする動きも見え始めている（神吉・長内・本間・伊吹・陳, 2008）。日本と台

湾のそれぞれは反対のアプローチであるが、すりあわせ型による効果的な製品開発とモジュラー型による効率的な製品開発の双方をうまく使い分けることが重要であると考えられる。

　最後に、この研究の限界と今後の課題を提示する。本稿のアウトソーシングの議論はオプション型並行技術開発に付随する開発コスト増の問題に対する解決策のひとつであって、他の手段によるコスト抑制も可能であるかもしれない。

　もうひとつ課題として、オプションの規定方法については追加的な議論が必要である。楠木(2001)は、不確実性が高く製品構想が流動的な段階では「大まかな目標」としての上位構想を規定し、その下で複数の構想の候補を同時並行的に競わせることが望ましいと述べている。この「大まかな目標」とオプションの範囲は、ほぼ同義に考えることができるかもしれない。先行開発部門が大まかな目標を設定するためには、開発部門自身が事業や製品のコンセプトを提示するという椙山(2005)の議論との関連が考えられるが、先行技術開発部門によるコンセプト開発がその方策となるのか、今後の検討課題としたい。

［謝辞］

　本研究は、北九州市学術・研究基盤整備振興基金、平成19年度科学研究費補助金（若手研究（スタートアップ）課題番号19830034）、及び平成20年度科学研究費補助金（若手研究（A）課題番号20683004）の研究助成を受けて実施しました。調査にあたっては奇美グループの多くの役員、社員の皆様にご協力を頂き、とりわけ新視代科技の許家彰総経理と総経理室秘書の洪于涵さんには大変お世話になりました。また、本稿の執筆にあたり、SEの青島矢一先生とお二方の匿名レフェリーの先生、東京大学の藤本隆宏先生、一橋大学の延岡健太郎先生、九州国際大学の陳韻如先生、博士論文の指導教授であった京都大学の椙山泰生先生、同僚である神戸大学の神吉直人先生より大変貴重なコメントを頂戴いたしました。ここに記して心より御礼申し上げます。

【参考文献】

小笠原敦・松本陽一 (2005)「イノベーションの展開と利益獲得方法の多様化」『組織科学』Vol. 39、No. 2、pp. 26-39。

長内厚 (2009)「既存技術と新規技術のジレンマ　－ソニーのテレビ開発事例－」西尾チヅル・桑嶋健一・猿渡康編著『マーケティング・経営戦略の数理』朝倉書店、pp. 169-188。

_____ (2007a)「研究部門による技術と事業の統合－黎明期の台湾半導体産業における工業技術研究院(ITRI)の役割－」『日本経営学会誌』No.19、pp.76-88。

_____ (2007b)「技術開発と事業コンセプト」『国民経済雑誌』Vol.196、No.5、pp.79-94。

_____ (2006)「組織分離と既存資源活用のジレンマ　－ソニーのカラーテレビ事業における新旧技術の統合－」『組織科学』Vol.40、No.1、pp.84-96。

河添恵子(2004)『台湾新潮流　－ナショナリズムの現状と行方－』双風舎。

神吉直人・長内厚・本間利通・伊吹勇亮・陳韻如 (2008)「台湾の国防役制度と産業競争力－台湾IT産業におけるエンジニアの囲い込み－」『赤門マネジメントレビュー』Vol. 7、No. 12、pp. 859-880。

楠木建 (2001)「価値分化－製品コンセプトのイノベーションを組織化する－」『組織科学』Vol. 35、No. 2、pp.16-37。

榊原清則・香山晋 (2006)『イノベーションと競争優位　－コモディティ化するデジタル機器－』NTT出版。

新宅純二郎・許経明・蘇世庭 (2006)「台湾液晶産業の発展と企業戦略」(MMRC Discussion Paper, No. 84)、東京大学COEものづくり経営研究センター。

椙山泰生 (2005)「技術を導くビジネス・アイデア－コーポレートR&Dにおける技術的成果はどのように向上するか－」『組織科学』Vol. 39、No. 2、pp. 52-66。

_____ (2000)「カラーテレビ産業の製品開発－戦略的柔軟性とモジュラー化－」藤

本隆宏・安本雅典編『成功する製品開発－産業間比較の視点－』有斐閣、pp. 63-86。

武石彰 (2003)『分業と競争－競争優位のアウトソーシング・マネジメント－』有斐閣。

西原佑一 (2002)「奇美グループの成長戦略に関する考察－ABS樹脂の発展過程を中心に－」『亜細亜大学経営学研究論集』No. 26、pp. 16-44。

沼上幹 (1989)「市場と技術と構想－イノベーションの構想ドリブン・モデルに向かって－」『組織科学』Vol. 23、No. 1、pp. 59-69。

_____ (2006)「意味的価値の創造－コモディティ化を回避するものづくり－」『国民経済雑誌』 Vol. 194、No. 6、pp. 1-14。

延岡健太郎 (1996)『マルチプロジェクト戦略－ポストリーンの製品開発マネジメント－』有斐閣。

藤田敏三 (2003)「基礎と応用の連携　－高温超伝導研究の場合－」『応用物理』Vol. 73、No. 1、p. 1。

藤本隆宏 (1998) 「自動車製品開発の新展開－フロント・ローディングによる能力構築競争－」『ビジネスレビュー』Vol. 46、No. 1、pp. 22-45。

文部科学省 (2005)『平成17年版科学技術白書』国立印刷局。

黄越宏 (1996)『觀念:許文龍和他的奇美王國』商業周刊出版 (中国語) 。

Adner, R. and D. A. Levinthal (2004) "What Is not a Real Option: Considering boundaries for the Application of Real Options to Business Strategy," Academy of Management Review, Vol. 29, No. 1, pp. 74-85.

Amram, M. and N. Kulatilaka (1999) Real Options: Managing Strategic Investment in an Uncertain World, Boston: Harvard Business School Press.

Clark, K. B. and T. Fujimoto (1991) Product Development Performance: Strategy, Organization, and Management in the World Auto Industry, Boston: Harvard Business

School Press.

Eisenhardt, K. M. and B. N. Tabrizi (1995) "Accelerating Adaptive Processes: product innovation in the global computer industry," Administrative Science Quarterly, Vol. 40, No. 1, pp. 84-110.

Ford, D. N. and D. K. Sobek II (2005) "Adapting Real Options to New Product Development by Modeling the Second Toyota Paradox," IEEE Transactions on Engineering Management, Vol. 52, Issue 2, pp. 175-185.

Iansiti, M. (1998), Technology Integration: Making Critical Choices in a Dynamic World, Boston: Harvard Business School Press.

Katz, R and T. J. Allen (1982) "Investigating the Not Invented Here (NIH) Syndrome: A Look at the Performance, Tenure, and Communication Patterns of 50 R&D Project Groups," R&D Management, Vol. 12, No. 1, pp. 7-19.

Lundvall, B-Å. (1992) National Innovation Systems: Towards a Theory of Innovation and Interactive Learning, London: Pinter.

Murtha, T. P., S. A. Lenway, and J. A. Hart (2001) Managing New Industry Creation: Global Knowledge Formation and Entrepreneurship in High Technology, Palo Alto, CA: Stanford University Press.

Prahalad, C. K. and G. Hamel (1990), "The Core Competence of the Corporation," Harvard Business Review, Vol. 68, Issue 3 (May/June), pp. 79-91.

Simon, H. (1996) The Sciences of the Artificial (3rd ed.), Cambridge: MIT Press.

Vernon, R. (1966) "International Investment and International Trade in the Product Cycle," The Quarterly Journal of Economics, Vol. 80, No. 2, pp. 190-207.

Ward, A., J. K. Liker, J. J. Cristiano and D. K. Sobek II (1995) "The Second Toyota Paradox: How Delaying Decisions Can Make Better Cars Faster," Sloan Management Review, Vol. 36, No. 3, pp. 43-61.

工作機械産業の日台企業間提携の事例とその含意

呉銀澤
（育達商業科技大学応用日本語科准教授）

劉仁傑
（東海大学工業工程及経営情報学部教授）

―――――― 主な内容 ――――――

企業間提携の理論

台湾工作機械産業の発展

工作機械産業の日台提携の事例

日台提携の発展プロセス

日台提携の事例分析

友嘉実業グループと日本企業間の提携例

事例分析の総括

実践的意義と今後の課題

はじめに

1960年代以降、日台企業間では資源の相互補完関係を目指して、電機・IT産業、自動車、食品産業などの様々な製造業の分野で、単独投資、共同事業、生産・販売・開発などの提携や協働が行われてきた(劉, 2008；Ito, 2009)。そのような産業とは異なり、工作機械産業では提携や日本企業の台湾進出がそれほど多くなかった。しかし、最近台湾と日本の工作機械企業間の共同事業や日本企業の台湾進出が増えるようになり、新しい提携の動きが見られるようになった（徐・陳, 2010）。こうした背景を踏まえて、本稿は日台の工作機械企業間の提携の新動向とその特徴を把握し、日台企業間の協働の一形態としての「提携」について理論的・実践的検討を加えるものである。そのためにまず企業間提携論の論点を整理し、次に幾つかの事例を通して最近の日台企業提携の動きの特徴を分析する。最後に日台企業間の提携の含意を台湾の地域・産業・企業間ネットワークの形成と場所的特性から検討し、ECFA後の中国進出と関連した若干の理論的・実践的インプリケーションを導くことにする。

企業間提携の理論

異なる二つの組織間の協働の理論としては、主に合弁事業（JV）を含む提携論が挙げられる。提携の定義は様々である

が、本稿では提携を資源を共有・交換するための独立企業間の
自発的協定であり、互いに製品、サービスと技術を提供し合う
経済的行為と定義する。具体的提携の内容は共同事業、共同開
発、委託生産、ライセンス供与、OEM、共同輸送、販売拠点
の共同利用など多岐にわたる。

　合弁事業を含む提携または戦略的提携論の諸論点は既に
Kogut(1988)、Gulti（1998）、山倉（2001）、そして石井
（2003, 2010）などにに論じられているため、ここでは本稿と
密接に関連する提携論の焦点と議論の流れを中心に検討する。
提携に関する先行研究の理論と焦点を整理すると表1のように
なる。

表1　提携に関する主要先行研究の理論と焦点

先行研究	理論	焦点
Williamson(1979)	取引コスト論	競合企業間の提携要因
Kogut（1988）	相互学習理論	
Spekman,et al.(1996) Pfeffer and Salancik（2003）	資源依存理論	
Doz and Hamel(1998)	学習による価値創造論	
Gulati(1998, 2007)	社会的ネットワーク論	ネットワーク関係と提携行動の関係
Kale, et al.(2000)	関係資本論	
Pan(1996)	資本関係と提携	提携の成功・失敗要因
Bamford et al.(2004)	提携管理論	

　組織間の提携に関する先行研究と関連して、最近提携の形成
や共同事業の持続的発展と関連して、社会的ネットワークの重
要性が強調されている。それはネットワークの関係性と構造性
に注目し、ネットワーク構造と提携行動の関係を分析するもの
である。例えば、Gulati(1995, 2007)は企業が組み込まれてい
る社会的ネットワークの関係性に注目し、提携の形成と発展に
おける社会的ネットワークの重要性を導き出している。企業は
ネットワーク構成員との連結（Tie）によって提携相手の信頼
性に関する情報を獲得し、ネットワーク構造が企業間の提携の
形成に影響すると主張している。ここで情報とは①資本的結合
などによるパートナー、②サプライヤー、③顧客、④同じ産業
内の競争企業などの外部企業との直接的連結、そして政府機
関、大学研究機関、業界団体などとの間接的連結によって獲得
するもので、このような情報を通じて提携相手の信頼性の評価
を行うことになる。つまり社会的ネットワークは提携情報を獲
得するルートとなることを実証的に明らかにしている。社会的
ネットワークは革新、知識移転、知的資産、効率性（コスト削
減）を強化することによって個別企業の提携成果に貢献すると
主張している[1]。

---

[1] 最近日本でも提携と社会的ネットワークに関する研究が増えている。例えば、若
　林(2011)は企業のポイント交換ネットワークを対象に、産業、企業、ネットワーク
　構造が相互補完的に企業の提携行動に影響していると分析する。

台湾工作機械産業の発展

　台湾の工作機械は、汎用製品では性能や価格面で国際市場か
ら高く評価され、早くから輸出産業として発展し、現在はある
特定分野、例えば、5軸加工機の中では高価・高性能の日本企
業の製品と同じ時期に開発に成功しているほど発展している。
台湾工作機械の産業の発展の特徴については産業ネットワーク
の特性と地理的特性に注目して把握されている。

　川上（2003）は台湾工作機械産業の革新の分析の中で、台湾
企業の革新性は①地場産業による新製品・新技術の導入とその
普及の試行錯誤による発展、②特定地域（台中）における産業
集積の形成・発展を軸とした産業ネットワークの利用、③革新
企業と模倣企業などの多様な競争によるる革新の実現等にある
と把握している。

　水野・伊東(2005)は東アジア諸国の工作機械産業の発展を把
握する枠組を提示し、台湾の発展特徴は日本や韓国より技術水
準は低いものの、汎用製品中心とした国際市場志向の発展と把
握している。また具体的な生産ネットワークの特徴としては、
他国と異なり、台湾は設計−組立のみを自社内部で行い、その
他の機能は外部企業との提携によるネットワーク形成にあると
強調している。

　藤本(2004)はアーキテクチャの産業地政学論に基づいて台湾
の得意なアーキテクチャはモジュラーと擦り合わせ型製品の両
方であるが、台湾は地理的に中国、アメリカ、日本との交差点

に位置しており、台湾企業の組織能力はそうした地理的位置を活かして各国の状況に応じた柔軟な戦略を選択する「機動力」に優れている点を挙げている。

　以上の先行分析からも分かるように、発展の背景には部品・ユニット・完成企業が密接に結びつく地域的産業クラスターの形成と企業間の分業ネットワークの構築が挙げられる。例えば、台湾には約700社〜1000社の工作機械・ユニット・モジュール企業、部品企業が数多く存在するといわれている。マシニングセンター(MC)企業は 225社、フライズ旋盤企業は237社、研削盤企業は 128社、汎用旋盤 230社に上っている。その大部分は台湾中部の台中県を中心とした地域に集中し、産業の地域的集約度が高く、関連企業、大学研究機関と連結した共同研究・改善チーム、標準化のための政府機関がネットワーク的に連結され、地域・産業・企業の重層的ネットワークを形成している。それによって開発、製造、工程改善、補修、維持管理まで高い水準の競争力を確保してきたと言える。

　先述の藤本（2004）も指摘しているように、台湾は地理的にアメリカ、日本、中国を繋ぐ位置にあり、歴史上、中国大陸とは文化的・言語的に繋がっている場所に位置している[2]。こうした場所的利点を活かして台湾の工作機械メーカーは早くから

---

[2] 「場」の概念と関連して、Nonaka & Konno (1998)と遠山・野中(2000)は知識創造過程の理論化の中で、知識創造には時間的・空間的な場が必要であり、知識創造のプロセスにおいて共有された文脈として「場」を定義し、知識創造に結びつく「よい場」の条件を示している。

中国大陸に進出し、現地の開発・生産・販売・人材育成のネットワークを構築している（劉, 2010）。

　他方、日台企業の提携の形成要因に関しては資源の相互補完関係に注目する研究が見られる（呉・劉, 2008；劉, 2008；Ito, 2009）が、最近中国とのECFA締結後、中国進出を含めた新しい提携の可能性を論ずる研究も見れる。例えば、長内・中本・伊藤（2011）はECFAによる日台企業間のアライアンスの可能性をアーキテクチャ論から論じている。それによると、日本企業の強みは技術的な難易度と新たな製品コンセプトを創出する領域にあるという。台湾企業の強みは個別の技術や部品レベルの事業に特化し、それらが企業の垣根を超えて効率的に組み合わせるモジュラー型の事業システムをとっているところにあるとする。その意味で、中国と台湾の空隙に位置するところで日台企業間の提携の可能性があるという。技術的な難易度は低いが、日本企業のブランド力やコンセプト創造力を活かすことができる領域については日台アライアンスを駆使するべきだと主張する。それは台湾の産業・企業ネットワークと場所的特性に注目しながら、今後の日台提携の発展を論じる動きとして注目される。

工作機械産業の日台提携の事例

一、　日台提携の発展プロセス

　過去50年にわたる日台企業間の提携の発展プロセスは、以下の四つの段階に分けられる（劉, 2008；呉・劉, 2008；劉, 2012）。

　第一期（1960‐70年代）において、日本企業は、優れた技術力を背景に、台湾の安価でかつ勤勉な労働力を利用し、輸出拠点としての生産のネットワークを築きあげた。台湾企業は、日本企業の主導的な役割の下、主にOEM生産のみを担当し、生産、技術、販売などの面で台湾企業と日本企業の間には垂直的な関係が形成された。

　第二期（1980年代）においては、日本企業は、技術的には優位でありながらも、台湾や東南アジアへの投資ではかつてのような成功は収められず、海外進出の戦略的転換を余儀なくされた。台湾企業の成長とともに相互協力的な水平的な関係が求められるようになり、日台企業間に相互住み分けの分業関係が成立した。

　第三期（1990年代‐2010年まで）は、日台企業が相互の利点を生かし、互恵的な関係を築いた時期である。中国進出において日本企業が台湾企業をパートナーとして、その優位性を生かして共同事業を立ち上げる形態が見られる。

　第四期(2010年以降)は台湾と中国のECFA の本格的スタート
に伴い、中国を含む新興市場、さらには世界市場を見込んだ日
本と台湾企業との共同事業や提携が進んでいる時期である。
　日本側でのアジアの生産基地としての台湾の活用、台湾側で
の日本からの技術や資本の導入という分業構造から始まった日
台企業間の関係が、継続的な中国投資の過程の中で、新たな協
働関係を築いたものと言えよう。日本と台湾企業の提携の歴史
は長く、信頼関係が重ねて構築されており、トラブルも極めて
少なく長期間に亘っているとえいる。

二、　日台提携の事例分析

　事例分析を進めるにあたり台湾側、特に台湾企業のネットワ
ークと場所的特性に注目しながら、日台企業間の提携の動き、
特徴を分析していくことにする。本研究で取り上げる事例は筆
者らが長い間インタビューや訪問調査結果として蓄積してきた
ものである。（劉, 2010, 2012）

（一）初期の日台提携

　比較的長い歴史を持つ産業とは異なり、工作機械産業の場合
は共同事業の歴史は短い。というのは工作機産業特有の性質も
あり、台湾と日本の提携は日本から技術ライセンスや核心部
品の調達から始まり、資本関係を含む提携が本格的に始まった
のは1980年代以降である。例えば、1980年台湾滝沢、1997年
OKUMA （大同大隈）の2社が台湾に進出したのが提携の本格

的な始まりである。

　①台湾滝沢：1971年単独出資によって台湾の桃園(北部)に進
　　出し、1997年日本滝沢と台湾地元資本との共同事業による
　　台湾滝沢を設立し、2000年中国の単独事業も設立してい
　　る。2011年工作機械産業の回復とECFA の締結によって、
　　1億元を投資して台湾第2工場建設を再開した。最近台湾の
　　第二工場を増設し、中国への輸出とOEMによる日本輸出
　　を強化する。

　②OKUMA：1997年日本のOKUMAと台湾の大同との共同事
　　業(山峡工場)が成立し、現在中国市場の成長に伴い台湾で
　　の生産を拡張している。中国市場開拓においては台湾と中
　　国の二拠点から量産型機種を提供し、日本からは高級機種
　　を中国市場へ販売している。供給体制や地域的密集性の優
　　位性に基づく台湾の生産拠点はアジア市場の開拓において
　　重要な役割を担っている。OKUMAは中国現地企業とにも
　　共同事業を展開しているが、台湾拠点とは機種別の棲み分
　　け戦略を行っている。しかし、海外生産拠点では日本製の
　　NC制御機を輸入してきたが、ECFAの場合部品は3〜5年の
　　保護期間が設けられているため、その効果は制限されるこ
　　ととなる。

（二）2000年以降の日台提携の発展

　2000年以降、特に台湾と中国の間に締結されたECFAを機
に、日本企業による台湾拠点の新設、台湾企業による日本拠点

の新設、中国での共同事業、OEM調達の動きが見られる[3]。

[1] JTEKT（崴立機電）

　崴立機電は2007年に設立され、2008年跨横跨工具機と日本自動車部品企業JTEKTと共同事業を設立し、崴立機電が開発・製造した立型複合加工機のOEM供給を行い、JTEKTを通じて日本と中国市場を開拓している。製品開発能力の向上と製造プロセスの改善を目指し、2012年台湾工作機械メーカが集中している中部地域への進出を計画し、日本市場のニーズに応える体勢を構築する。

[2] OM製作所

　同社は1949年設立し、従業員367人で、主に立旋盤と自動包装機を生産するメーカである同社は2010年に100％子会社の台湾OMを台中に設立し、立旋盤の委託生産を開始し、販売は日本本社が行う。当社は中期経営計画の中で、海外展開の推進を最重要施策として掲げ、海外生産、海外調達の推進と海外売上高の拡大を進めている。その一環として低価格の汎用立旋盤（機種名:OM-REXER-16、OM-REXER-20 テーブル径:1600㎜、2000㎜）を、台湾の子会社に生産委託をし、中国を始めと

---

[3] 日本のファナック社は10億元以上を投資して台湾に制御機工場を開設し、台湾の工作機械メーカーに供給することを計画しているし、韓国の工作機械メーカーと台湾の工作機械メーカーの提携の可能性も伝えられている。(台湾通信、2011.03.06)

したアジア地域の成長新興国をターゲットに、海外市場戦略機
として位置づけ、低下価格の販売を行う計画である。その背景
には、工作機械製品の高機能、高付加価値機と低価格の汎用機
へ2極分化があり、特に低価格の汎用機はアジアを中心に需要
が伸びているとのことである。同社は、高機能、高付加価値な
立旋盤は国内でCenterの例のように高価機種においてもこのよ
うなOEM生産を行い、低価格の汎用立旋盤を台湾で生産する
体制を構築し、海外売上高の拡大を図っている。

[3] 倉敷機械

　同社は1949年設立され、240人の従業員を持ち、主にCNC横
中ぐりフライス盤中を生産する中堅企業である。2011年台中の
中部科学園区に倉敷台湾機械会社を設立し、2012年2月から生
産を開始している。主にアジア市場に向けたCNC横中ぐりフラ
イス盤の製造と販売を行う。その背景には、ECFA 調印後に台
湾製の工作機械が中国への輸出で関税の減免措置の対象となっ
たことで、将来台湾を通じた中国進出をも図っている。

　一方で、日本企業による台湾進出に加えて、日本企業による
台湾からの調達が増えている。2000年までは台湾から部品を調
達する日本企業は少なかったが、その後台湾の工作機械部品企
業の密集性とコストの優位性が認識され、OEM調達が見られ
るようになった。この最も典型的な例として準力機械、大光長
栄の2社が挙げられる。

[4] 準力機械と黒田精工

　台湾の準力機械は1988年に設立された、従業員60人の精密研磨機メーカーである。同社は10年前から日本黒田精工に平面模床のOEM生産を行っている。台湾からOEM供給された製品は国内・海外市場で継続的に販売されており、両社の提携関係は順調に進んでいる。この製品群の日本国内の生産コストは高く、台湾からのOEM供給は両社の利益に貢献するものである。こうした影響で、今後鴻海グループに供給するTapping Center例のように高価機種においてもそうしたOEM供給が増えると予測される。

[5] 大光長栄と三洋マシナリー

　台湾の大光長栄は1998年に設立され、従業員は約165人(内、台湾籍120人)で、現在台湾国内にて一箇所（大里工場）、中国とタイに海外工場を持ち、同社は台湾最大の研削盤製造企業である。日本の三洋機械から顧問を受け入れ、提携関係を構築している。三洋機械は心なし研削盤並びに各種研削盤製造及び販売会社として1975年に設立された。その中で心なし研削盤は台湾からOEM調達している。日本の大口顧客の高度な規格・性能に応じることのできる製品の開発・製造を台湾にてけ負うことを説得するため、台湾・大光長栄の社長が直接日本に出向き、三洋に日本人の顧問を紹介してもらい、顧問の技術指導や産学提携による製造プロセスの改善により、日本の要求に答

えられるようになった。日本側は価格と性能面で優れた台湾製品を調達し、日本のキヤノンのような新しい顧客に販売するなど、両社は提携により大きな成果を挙げている。

　また、台湾企業も日本にて拠点の設立を開始し、台湾企業は自社の販売強化と組織能力の向上を目指して日本における国際展示会に参加するだけでなく、積極的に日本の拠点を強化している。

[6]東台精機日本株式会社

　東台精機は1969年に日本人と台湾人によって共同設立された。こうした出発もあり、同社は日本市場の動向をいち早く把握することができ、日本市場の進出に成功してきた。2003年の株式上場後、栄田精機、亜太菁英、譁泰精機が加わり、複合加工機、立型旋盤、線性機など綜合工作機械グループに成長し、グループ内の企業の差別化と水平的分業を行い、市場へ対応している。同グループは2011年日本市場の強化のために日本の現地法人を作り、日本の技術力と顧客のニーズに応ることに力をいれ、日本市場の開拓に乗り出している。

三、友嘉実業グループと日本企業間の提携例

　最近工作機械産業における日台企業間の提携例で注目を集めているのが友嘉実業グループである。同社は1979年台湾で操業を開始し、工作機械産業への参入は1983年からであるが、成長率は非常に高く、台湾のトップ工作機械メーカーに急成長して

きた。中国での事業に関しては1993年に進出し、2010年現在
中国大陸に10の生産拠点を持っている(表2参照)。同社の成長
方式はM＆Aと合弁によるもので、アメリカ、ヨーロッパ企業
を買収し、2010現在、世界の12拠点、22工場を有し、販売ネ
ットワークは世界67箇所にある。

表2　友嘉実業グループの概要(2010年)

項目	内容
設立年(生産開始)	1979 （1983）
系列会社数	台湾15、香港2、大陸15、日本5、韓国1、アメリカ3、欧州10
販売拠点	全世界67箇所(中国32箇所)
生産拠点(ヶ所)	台湾 （12）、中国 （10）、日本 （3）
従業員数	約226人(研究人員40人)
主要製品	汎用工作機械のCNC旋盤、MC、FMC/FMS
売上高	11.28億台湾元
輸出比率	60％ （輸出） /40％ （国内）
協力会社数	70-80社
外注比率	90％以上

　こうした成長過程において友嘉実業は日本企業と共同事業を
展開し、特に中国市場において日台提携関係を積極的に進めて
いる。2000年と2010年に高松機械と中国における共同事業を
行い、2006年に竹内企業と、2008年には高松機械との日本に
おける共同事業をも立ち上げている。日本企業との合弁事業の
特徴は出資比率が50対50が基本で、トップ同士の信頼関係に基

づいて相互利益を目指している点にある。

[1] 杭州友嘉高松

　杭州友嘉高松は友嘉（40％）と日本高松機械（40％）の間の初めての中国共同事業として2004年設立した。日本からの輸入、中国からの輸出などを考え、日本のトヨタ通商(20％)も参加している。提携の背景には、トップ同士の信頼関係に基づいた、すでに中国の生産・販売の基盤を持つ友嘉グループの中国市場対応能力と日本企業の高い製品開発力を相互利用した、中国市場の開拓がある。例えば、自動車産業向けの小型精密旋盤や電子制御が得意な高松の優位性を、同社の工作機械生産に積極的に組み入れ、中国の高価市場を開拓するものである。それは日台企業間の提携の模範を示すものである。こうした両社の共同事業の成功によって2010年新しく2社が設立され、提携の範囲や規模が拡大されている。

[2] 高松友嘉

　高松友嘉は2007年日本の高松機械(50％)と台湾の友嘉実業(50％)が設立した日本における拠点であり、主な事業は台湾友嘉実業の製品の日本での販売強化である。台湾の友嘉実業は世界的な販売ネットワークを構築しているが、日本での販売が少ないため、日本提携パートナーの販売チャンネルを用い、日本の顧客の反応を把握するほか、先進技術の効果的な活用を確保している。また高松は中国進出における台湾の合弁相手のチャ

ンネルを用い、中国市場の動向と販売方式を学習できるメリットがある。こうした関係は台湾、日本、中国大陸の市場動向を踏まえてさらに強化されると予測される。

[3]和井田友嘉

　台湾からの部品調達によるコストダウンを狙い、2011年友嘉実業グループ(45％)と日本の和井田製作所(45％)、シチズンマシナリーミヤノ社(5%)、丸紅(5％)が共同出資にて和井田友嘉精機を設立した。和井田製作所は高級CNC成形研削盤とCNCジグ研削盤のメーカーであり、友嘉グループの中国大陸のネットワークを利用して部品を共同調達し、台湾を通じてグローバル市場向けの共同販売を行う。こうした提携によりECFA締結後、機械製品の減税や免税による中国からの輸入は約10%のコスト削減が期待される。その際、日本提携パートナーは台湾の友嘉実業の約70ヵ所の中国における販売・サービス拠点を利用し、部品調達の効率化を図ることが期待できる。この合弁事業はECFA締結後、日台企業間に締結された大型共同事業であり、中国市場の共同進出における今後の発展が、注目されている。

　以上三つの事例からすれば、友嘉という特定企業に提携が集中していることが分かる。その理由として四つの要因が挙げられる。

（一）国内調達・生産ネットワークの形成

　自社では機械加工を行わず、部品加工を協力企業が担っており、自社では組立のみを行っている。設立当時からこうした水平的生産ネットワーク構造を取り入れ、部品企業との提携の拡大を通し、自社と部品企業が順次連結される生産ネットワークが形成されるようになった[4]。その背景には台湾工作機械産業の台中工業区を中心とした地域的集約性と多数の零細・中小企業の存在が挙げられる。台湾工作機械関連企業は約1,000社であり、完成企業も従業員5名以下の零細企業を含めると200~300社に上り、そのうち3億台湾ドル以上の規模の企業は30社程度である。このような産業構造の下で、自社の限られた資本をフルに利用するために、地域的に密集している部品企業と連結し、ネットワークを形成する仕組みを作り上げるようになったという。

　協力部品企業との関係を見ると、実際のものの流れは協力企業間を移動しながら加工が行われ、最終的に同社の組立ラインに納入されている。その際、部品の設計は自社が担当し、その情報が順次協力企業に送られ、加工が行われる仕組みである。協力部品企業は約70~80社あり、現在協力関係にある部品企業とはすでに15~20年の取引関係があり、品質・納期・価格の交渉において相当な信頼関係を具えたネットワークが形成され、

---

[4] Liu and Brookfield.(2000)は同社のネットワークをStars,Rings,Tiersと名づけ、その発展の形態と特徴を明らかにしている。

協働の場所としての役割をも果たしている。

（二）海外生産・研究・販売ネットワークの形成

　友嘉実業グループは2000年以降台湾国内中心から海外へ積極的に進出し、中国、日本、アメリカ、ヨーロッパなどに生産拠点を設立している。中国は1993年から進出し、合弁事業も入れて6社を有し、研究開発に関しても、台湾、日本、ヨーロッパ、アメリカに拠点を持ち、グローバルネットワークを構築している。売上高の3~5％を研究開発に投資しており、海外研究拠点間の開発も積極的に進め、海外開発拠点と共同で多機能製品開発をも行っている。中国生産においては、台湾の経営環境と異なる側面があり、台湾では、協力企業との提携ネットワークにて生産を行うが、中国では、まだ協力ネットワークが確立されていないため、現地拠点は積極的に内製化を進めている。こうした中国進出によって中国市場ではMC分野において韓国と日本より価格対比性能の面で競争力を持っている。中国における販売拠点は32箇所、1,038人の従業員を抱え、主な顧客は自動車部品企業である。こうした顧客ネットワークと販売ネットワークは市場開拓における重要な資源になる。

（三）産業内・外のネットワーク形成

　友嘉実業は産業内・外の大学、業界団体、政府系研究機関、競合企業など間接的なネットワークにて有機的に繋がっている。例えば、トヨタ生産システム（TPS）の導入の際にも、大

学との産学協同や日系企業の現場指導が行われている。その詳
細は張（2011）により紹介されているが、導入の際は競合企
業、日系企業の経験者、大学機関、協力部品企業を有機的に繋
いでチームで行われる特徴がある。こうしたネットワークによ
って業界内の先導企業が導入し、後で成果が報じられると、業
界全体に拡散し、自社のみならず産業界全体の協働を促進し、
価値を創造する。そのため、友嘉実業も2009年からトヨタ生産
システムの導入を開始し、毎月一度現場指導を受けている。そ
の担当者は中国杭州友嘉高松の日本人総経理である。最高経営
者の支持と理解の下で、現場改善と意識改革が同時に行われる
ためその成果は高い評価を受けている。この間接的なネットワ
ークは日台企業の提携における信頼の形成に繋がっている。

（四）中国と世界を繋ぐ場所的空間の形成

　台湾工作機械産業は当初から輸出産業として成長し、オープ
ンネットワークを構成しながら、部品企業、ユニット部品から
組み立て企業まで、地域集約性を備えていることを特徴として
いる。友嘉グループもこうした産業ネットワークの中心に位置
し、台湾国内、香港と中国拠点を有機的に繋ぎ、世界市場向け
に汎用製品を供給する体制を構築してきた。中国と台湾を繋ぐ
場所的特性を活かして、台湾企業は合弁事業の物理的空間の提
供のみならず、文化・言語・社会・経済の理解度の面で、中華
圏ネットワーク全体を結ぶ文化的・社会的空間をも提供してい
る。こうした空間は日本企業との協働の場に繋がっている。

四、事例分析の総括

　第一に、工作機械産業の場合、特に2000年以降日本企業の台湾への進出や共同事業が目立つようになった。その背景には工作機械産業の場合、ドイツや日本などの先進国の高価・高性能の製品と台湾・韓国・中国などの後発国の汎用・ローエンド（low-end）製品の住み分けが長期間続いてきたが、2000年以降その住み分けが崩れつつある点が挙げられる。中国などの新興市場の成長に伴い、日本企業の海外市場の低価格分野の対応が急務になったからである。その影響で、その分野で国際的に品質や価格面で優位に立つ台湾企業との提携が促進されるようになったと思われる。

　第二に、日台企業間の提携の形態は多岐に渡っており、中国市場を巡って中国現地共同事業、日台企業間の相互進出、OEM調達などが活発になっている。日本企業の海外移転と、中国・台湾間のECFA締結などの経済環境の変化に伴い、低コスト化の圧力が増加し、今後もこうした動きは続くものと考えられる。

　第三に、日本企業が提携相手として台湾企業に注目するのは、台湾企業の持つネットワークと場所的特性が大きく作用しているのではないかと考えられる。長期間に渡ってグローバル生産・販売・顧客・調達ネットワークの構築、そして中国市場をつなぐ場所的特性も提携を促進していると考えられる。特によく整備された国内・海外（特に中国）の生産・販売ネットワークを持っている支配的な地位を占める企業との提携が増加し

ている。

　第四に、上記の要約を踏まえて、総合的に見ると、工作機械産業の日台企業間提携の発展には台湾企業の広いネットワークと場所的特性が作用し、ネットワークと場所的利点が大きくなればなるほど、両国の協力関係が拡大し、さらに強化されていくことがわかる。その意味からすれば台湾企業の持つネットワークの社会的資本の大きさと台湾独特の場所的利点が日台企業間の提携を促す要因であると考えられる。

実践的含意と今後の課題

　以上、工作機械産業の日台企業の提携の動向とその特徴を把握してきたが、そこから得られる日台協働に向けたの実践的意義については、以下の3点が指摘できる。

1. 中国とのコネクターとして台湾企業

　世界の市場としての中国進出と関連して、台湾企業の場所的特性を利用する提携における、無限の可能性である。特に台湾・中国間のECFA締結により台湾を通じた中国市場へのアクセスが可能になり、台湾にて中国製品を安く入手できるようになった。劉（2012）が指摘するように、台湾資源の利用と提携による「台湾部品→日本製造→中国輸出」、そして「台湾製造→中国輸出」というルートの活用である。台湾を起点とする日本経由の中国ビジネスの展開や台湾企業とのアライアンスよる中

国事業の展開、台湾を拠点とする共同事業の運営による中国製品・部品の台湾への輸入緩和などを通じて、中国製品・部品のコスト削減が期待される。今後中国とのコネクターを持つ台湾の場所的特性は中国市場の成長と共にクローズアップされる可能性が大きいと考えられる。中国を繋ぐ空間を提供できる台湾工作機械産業の場所的特性から考えるならば、今後中華圏経済とのハブ機能を果たすことも可能であろう[5]。

2. ネットワークの情報の原として台湾企業

　台湾工作機械産業の緩やかなオープンネットワークは国内のみならず、中国、更には中華圏全体に及んでいる。具体的には販売・顧客ネットワーク、生産ネットワーク、重層的な調達ネットワーク、そして大学研究機関、海外華人ネットワーク、業界支援ネットワーク、業界内の改善ネットワークなどである。各ネットワークが特定企業を中心に繋がり、ネットワーク全体の社会的関係資源として集積されている。本研究で提示した日台企業の提携の発展はこうしたネットワークの社会的資源の利用と深く関わっていると考えられる。なぜなら、ネットワーク内・外の社会資源が多く集められれば、情報価値も増え、新しい共同事業の設立を促し、新しい市場価値を生む可能性が高くなるからである。つまり、台湾企業の持つネットワークは提携

---

[5] コネクターはネットワーク内のサブグループ間の遠距離交流を仲介する役割を果たす企業である。ハブはネットワーク内でもっとも重要な役割を果たしている企業である。（坂田・梶川, 2009）

の促進の主要要因になり、日本企業の高い製品技術力が結合する形で発展していくものであると考えられる。

3. 中国市場の開拓のパートナーとしての台湾企業

　以上のネットワークの社会的資本と場所的特性の概念からすると、日本企業の中国大陸の進出のパートナーとして日台企業の提携が拡大されると考えられる。特に、台湾企業の持つ中国現地ネットワークは現地取引先、サプライヤー、消費者や顧客の情報の源であり、こうした情報は新市場の開拓や製品開発に欠かせないものである。これは筆者が提示してきた提携の共創性である（呉・劉、2008）。要するに、中国地域における中国大陸台湾企業協会を中核とする人的ネットワーク、生産・販売・顧客ネットワークを利用し、それを通じて中国現地市場情報が継続的にネットワークに流入され、これら情報を相互利用し、現地向けの製品開発や生産革新を行うことである。最近台湾の特定企業と日本企業が現地の共同事業を設立し、それを基盤に更なる共同事業を立ち上げる動きは、台湾企業がもつ中国内での各種ネットワークが日本企業にとって有用であるとの証明でもある。これは台湾の企業のもつネットワークの社会的資本の重要性を改めて示唆するものであると考えられる。

　本稿で提示した諸概念やメカニズムなどは限られた事例やデータに基づく試論的なものに過ぎず、今後事例の積み重ねと実証データに基づいて証明されることが求められる。また日台企

業間の協働メカニズムの理論的解明も必要になる。そのために
は本稿の事例でも確認してきたように、台湾企業のネットワー
クと場所的特性が重要な要因になると考えられる。これは今後
の課題としたい。

【参考文献】

石井真一（2010）『日本企業の国際合弁行動』千倉書房。

_____（2003）『企業間提携の戦略と組織』中央経済社。

長内厚・中本龍一・伊藤信吾（2011）「東アジアのエレクトロニクス産業に与える海峡両岸経済協力枠組取り決め（ECFA）の影響：日台アライアンスによる製品コンセプト・アーキテクチャ統合の可能性」『組織科学』Vol.45,No.2、28-42頁。

川上桃子（2003）「台湾工作機械産業における革新と模倣の主体：43社の調査による分析」『アジア経済』第44巻第3号、2-30頁。

呉銀澤・劉仁傑（2008）「中国進出における日台企業の共創の発展」『日本経営学会誌』第22号53-65頁。

坂田一郎・梶川祐矢（2009）「ネットワークを通して見る地域の経済構造：スモールワールドの発見」『一橋ビジネスレビュー』AUT、66-79頁。

張書文（2011）「台湾工作機械産業における生産システム革新」『工業経営研究』Vol.25、55-68頁。

遠山亮子・野中郁次郎（2000）「「よい場」と革新的リーダーシップ：組織的知識創造についての試論」『一橋ビジネスレビュー』Sum.-Aut.、4-17頁。

藤本隆宏（2004）『日本のものづくり哲学』日本経済新聞社。

水野順子・伊東誼（2005）「東アジア工作機械産業にみられる特徴的様相と我が国の生存圏」（斉藤栄司編『支援型産業の実力と再編：21世紀東アジアの中小企業』（第2章））阿吽社。

山倉健嗣（2001）「アライアンス論・アウトソーシング論の現在；90年代以降の文献展望」『組織科学』、Vol.35.、No.1、91-95頁。

劉仁傑（2012）「後ECFA時代的台日工具機策略☒盟」『機械工業』39-54頁。

＿＿＿＿（2008）「台湾日系企業の発展プロセスと新動向」佐藤幸人編『台湾の企業と産業』アジア経済研究所、209-239頁。

若林隆久（2011）「企業ポイント交換市場の構造と形成」『組織科学』第42巻第2号、47-60頁。

徐斯勤・陳德昇主編（2010）『台日商大陸投資策略聯盟 理論、事務與案例 』INK印刻文學生活雜誌出版有限公司。

Bamford,J.,D. Ernst, and D. G. Fubini (2004), "Launching a World-Class Joint Venture", Harvard Business Review, Feb. pp.91-100.

Doz,Y.L.and G. Hamel(1998), Alliance Advantage, Harvard Business School Press.

Gulati,R. (1998), Alliances and Networks, Strategic Management Journal, Vol. 19, No. 4, pp. 293-317.

＿＿＿＿ (2007), Managing Network Resources: Alliance, Affiliations and Other Relational Assets, Oxford University Press.

Kale,P., H. Singh and P. Howard(2000), "Learning and protection of proprietary assets in strategic alliances: building relational capital", Strategic Management Journal,Vol. 21, Issue 3, pp. 217 – 237.

Kogut,B.(1988), "Joint Ventures: Theoretical and Empirical Perspectives", Strategic Management Journal, Vol.9, pp.319-332.

＿＿＿＿ (1989), "The stability of joint ventures: Reciprocity and competitive Rivalry", Journal of industrial economics, Vol.38, no.2, pp.183-198.

＿＿＿＿ (2000), "The Network as Knowledge: Generative Rules and the Emergence of Structure," Strategic Management Journal ,Vol.21, No.3, pp.405-425.

Ito,S(2009), "Japanese-Taiwanese Joint Venture in China: The puzzle of the High Survival rate", China Information, Vol.23, No.1, pp.15-44.

Nonaka, I. & Konno, N. (1998), "The concept of "ba": Building a foundation for knowledge creation", California Management Review, 40 (3), pp.40-54.

Pfeffer, J. K.and G. R. Salancik (2003), The External Control of Organization: A Resource Dependence Perspective.: Stanford, CA: Stanford University Press.

Pan,Y. (1996), "Influences on Foreign Equity Ownership Level in Joint Ventures in China", Journal of International Business Studies, Vol. 27.

Liu,R.J.and Brookfield,J. (2000), "Stars, Rings, and Tiers: Organizational Networks and Their Dynamics in Taiwan's Machine Tool Industry", Long Range Planning, Vol.33, No.3, pp.297-474.

Spekman, R. E., L. A. Isabella, T. C. MacAvoy, and T. Forbes III (1996), "Creating Strategic Alliances which Endure", Long Range Planning, Vol.30, No.3, pp.346-357.

Williamson,O.E. (1979), "Transaction-Cost Economics: the Governance of Contraction relations", Journal of Law and Economics, Vol.22, pp. 233-261.

中国市場における日台ビジネスアライアンスの可能性と方向性

—中小企業の視線でみた
日台ビジネスアライアンス—

藤原弘

(アジア企業経営研究会会長)

―――――― 主な内容 ――――――

ECFAの下で緊密化する両岸ビジネス

中国ビジネス拠点としての台湾の重要性

中国市場における台湾企業の経営上の特徴

台湾人ビジネスマンのみた日本企業

中国市場で直面する日系企業の経営問題

内陸市場は新たなビジネスチャンス

内陸部に日・台・中の合同中小企業支援センターを

ECFAの下で緊密化する両岸ビジネス

　2008年に両岸関係の改善を公約に挙げて総統選挙に勝利した馬英九政権の両岸政策のポイントは「統一しない、独立しない、武力行使をしない」といった三不政策をベースに中国との関係構築には一定の距離を置きながら、両岸三通（通商、通航、郵便）両岸共同市場の推進、両岸間のヒト、モノ、カネ、サービスの等の経済交流を活発化することである。

　馬英九政権誕生後の両岸関係をみると、中国側の海峡両岸関係協会と台湾側の海峡交流基金会のトップ会談で、中台金融機関の相互進出を盛り込んだMOUの締結、両岸直行便の運航、中国資本の台湾投資の開放が実施された。さらに2010年にはECFA及び海峡両岸知的財産保護協力協定、医薬品の安全管理強化を目的とした両岸医薬衛生協力協議が締結されたほか、台湾のIC、LCD産業の中国投資が開放された。また、両岸のヒトの交流に関しても2010年は年間163万735人であったが2011年は前年比9.4％増の178万4185人を記録している。当初締結が期待されていた両岸投資保障協定については、2011年の第7回会談の優先課題とされた。このようにみると陳江会談での合意事項は確実に実行に移され、両岸経済関係拡大の枠組みが強化され、両岸のヒト、モノ、カネ、サービスの交流が着実に拡大しているといえよう。さらに中台双方の政府のテコ入れにより2008年12月から「架け橋プロジェクト（搭橋専案）」が実施されており、民間、政府レベルでの動きが顕著になっている。

業種別に産業協力、交流会議を開催することにより、3年以内に両岸のビジネス連携を拡大していこうとしている。この両岸ビジネス連携はすでにかなりの成果をあげており、2010年にはバイオ、医療器材、通信などのハイテク分野において台湾で4回、中国で10回会議が開催されており、中台間で230のビジネス連携意向書がかわされている。この傾向は2011年に入っても継続しており、台湾では中草薬、情報サービス、電気自動車、流通サービス、再生エネルギー等の分野で9回、中国ではデジタル、電子廃棄物、バイオの分野で3回の会議が開催された。両岸の分業体制が構築されていくなかで、中国からは省、市レベル、業界団体が中心になって、台湾に調達ミッションを派遣しており、2011年以降もこの傾向が継続されている。

　さらに貿易の面でもECFAの発効により、2011年1月から台湾側267品目、中国側539品目のアーリー・ハーベスト（早期関税引き下げ品目）の関税の引き下げが開始され、その影響が表れており、2011年の台湾の対中輸出入はそれぞれ輸出が前年比8.1％、輸入が20.5％増となっている。このアーリー・ハーベスト品目の内訳をみると、台湾側は機械が69品目、石油化学42品目、繊維22品目、輸送機械17品目である。中国側は機械（107品目）、石油化学（88品目）、輸送機械（50品目）、繊維（136品目）、農産品（18品目）、その他140品目となっている。機械・輸送機器を中心に関税が引き下げられている点は、両岸を跨ぎビジネス戦略を展開する台湾企業の高度加工組立製品、部品等の販売、調達を配慮したものといえよう。事

実、台湾区電機電子工業同業公会が2011年に行った「中国大
陸地域の投資環境とリスク調査」の経営リスクのなかで「現地
取引先からの部品等の供給が不安定である」といった点が挙げ
られており、高度加工部品等はやむをえず台湾から調達せざる
をえない場合がかなりあり、このアーリー・ハーベストは中国
進出台湾企業にとりメリットは大きいと思われる。中国とアセ
アンとの間のFTA（ACFTA）は、対中輸出でアセアンと競合
する台湾の石油化学業界や自動車部品業界にとって、大きな脅
威とみられていたが、このECFAと中国・アセアンのFTAは逆
に台湾企業に台湾を基点として対岸の中国市場でのビジネス展
開、もう一つは反対側の対岸であるアセアン市場でのいわゆる
中国・アジア市場を取り込む両岸ビジネスを展開するうえで
新たなビジネスチャンスを提供するものである。台湾政府にと
り、ECFAの締結によりアセアン等の中国以外の国とのFTA締
結を促進し、台湾企業のグローバルビジネス戦略を側面から支
援するという政策的配慮もあるようだ。

　事実、筆者がタイと中国に生産拠点をもつ台湾の自動車部品
にインタビューしたところ、中国だけでなくその他のアジア市
場をみながらまさに両岸の販売戦略を展開していたことを強調
したい。

　同様に中台間に生産拠点をもつ日本企業にとっても、台湾企
業同様に中国、アセアン向け製品の販売、価格競争力のある部
品の調達など、さまざまなビジネスチャンスを活かすために、
日台ビジネスアライアンスの可能性は一層高まることになろ

う。

　このような両岸経済関係拡大に向けての台湾の経済戦略の背景には、馬永九総統が2010年5月に「創新強国、文化興国、環保救国、福利安国、和平護国」の6つの目標をベースに2011年から「台湾の黄金の10年」の実現に向けての長期的な経済政策を打ち出したことを忘れてはならない。この黄金の10年は中国の第12次五か年計画と開始時期を同じくしており、中国の経済発展のダイナミズムとECFA、中国・アセアンのFTAを活用して中国・アジアのビジネスチャンスを台湾経済に取り込もうとするものといえよう。

表1　中国及び日本からの訪台推移

単位：1人

年	中国	前年比(%)	日本	前年比(%)
2008	329,204	7.3	1,086,691	-6.8
2009	972,123	195.2	1,000,661	-7.9
2010	1,630,735	67.7	1,080,153	7.9
2011	1,784,185	9.4	1,294,758	19.8
2012（1-8月）	4,776,022	247	952,912	18.6

出所：台湾観光局

中国ビジネス拠点としての台湾の重要性

　ECFAをベースに拡大する両岸経済の中核となる台湾企業

の対中投資をみると2010年は前年比104.7％増の146億1,787万ドルと大幅に増加したことから、2011年は同16.5％減の143億7,662万ドルとなった。2012年1-8月も同25.0％減の71億9,585万ドルとなっている。

　2011年の投資が大きく落ち込んだ業種としては製造業では非金属製品が同29.8％減の5億5,517万ドル、電子部品で同28.5％減の34億6,719万ドル、紡織が同26.5％減の8,417万ドルとなっている。逆に大きく伸びた業種は製造業では化学材料で同343.3％増の8億3,268万ドル、製造業以外では運輸、倉庫が同308.4％増、金融保険が同12億5,582万ドルとなっている。サービス産業の伸びが顕著であることが特徴となっている。

　台湾企業の対中投資の特徴を構造的にみると、製造業が2011年で全体の7割以上を占め、そのなかで、電子部品（シェア24.1％）、コンピュータ・電子製品（同10.7％）、電力設備（同4.4％）機械設備（同3.7％）自動車・同部品（同2.2％）等の高度加工組み立て産業が全投資額の45.1％を占めている。この特徴は両岸の貿易構造にもみられ、2011年の対中輸出額のうち電気機器、光学機器、機械機器・同部品、自動車、同部品といった高度加工組み立て製品の割合が62.2％、同様に対中輸入にしめるこれら製品の割合も57.7％といずれも6割近くに達している。

　これら高度加工組み立て製品・部品の比率が高いということは、中国進出台湾企業にとり中国での高品質の部品確保が問題となっていることを示唆する。事実、台湾区電機電子工業同業

公会の2011年の調査でも、台湾企業の経営リスクの大きな問題の一つとして、現地の取引先からの部品等の供給が不安定であることがあげられている。ECFAの進展により、今後さらに両岸経済の垣根が低くなるにつれて、中国に生産拠点をもつ台湾企業はこれら高度加工組み立て製品・部品を中国市場、アジア市場での両岸販売作戦を展開することができるようになり、同時に中国では調達できない高品質で価格競争力のある製品・部品等を台湾をはじめさまざまな地域から調達することがより容易になることを意味する。台湾企業及び台湾企業と連携している日本企業にとってのメリットは大きいといえよう。

　事実、筆者は中国に進出している台湾企業（自動車部品、電子部品等）のなかで、中国で製造した自動車部品を台湾の自由貿易加工区へ持ち込み、最終加工を行い、中国以外のアジア市場の日系自動車メーカー等に台湾製自動車部品として供給する企業、品質管理部門のトップを本社から派遣し、品質管理に関しては、総経理以上の権限を与え、生産ラインの自動化と高級部品は台湾製を使用することを徹底し、製品の高品質化を図る台湾企業の存在を確認している。

　一方、中国側の対台湾投資は最近始まったばかりであり、表2にみられるように、2009年7月から2011年までの投資件数は204件で投資総額は1億7,557万ドルとなっている。

表2　台湾の業種別対中国大陸投資の推移

（単位：1,000米ドル、%）

業種	2009 件数	2009 金額	2009 伸び率	2010 件数	2010 金額	2010 伸び率	2011 件数	2011 金額	2011 伸び率
農林水産業	0	7,188	△53.8	1	7,558	5.1	1	4,478	△40.7
鉱業・土石採取業	0	0	全減	2	14,441	全増	4	13,624	△5.6
製造業	404	5,892,078	△32.7	576	10,840,822	84.0	570	10,375,391	△4.2
食品	39	336,957	78.5	47	198,217	△41.2	17	202,935	2.3
紡織	10	60,934	△41.0	12	114,602	88.1	10	84,177	△26.5
製紙	8	143,162	△17.2	11	81,942	△42.8	13	154,409	88.4
化学材料	11	212,440	△52.1	6	187,926	△11.5	27	832,680	343.0
ゴム	0	1,295	△91.3	4	70,134	5,315.8	8	66,409	△5.3
プラスチック	23	360,978	△27.3	42	415,053	15.0	26	374,929	△9.6
非金属	11	194,146	△13.2	24	791,772	307.8	29	555,177	△29.8
金属製品	23	215,952	△27.5	28	407,248	88.6	30	396,990	△2.5
コンピュータ・電子製品及び光学製品	18	1,019,404	△42.8	39	1,235,374	21.2	53	1,550,552	25.5
電子部品	123	1,801,294	△12.2	164	4,854,424	169.5	149	3,467,195	△28.5
電力設備	25	462,680	△56.6	54	682,822	47.6	48	644,248	△5.6
機械設備	32	394,518	△16.7	31	502,675	27.4	34	534,324	6.2
自動車及び同部品	4	103,244	5.2	30	328,007	217.7	41	330,362	0.7
電気・ガス供給	0	17,000	59.6	4	46,315	172.4	0	1,500	△96.7
卸・小売	82	743,150	48.9	166	1,115,494	50.1	149	1,232,720	10.5
運輸・倉庫	9	31,210	△45.7	8	23,076	△26.1	11	94,265	308.4
宿泊・飲食	22	80,292	16.4	6	66,645	△17.0	7	60,173	△9.7
情報及び通信	27	106,845	△67.1	32	333,066	211.7	23	282,532	△15.1
金融及び保険	3	48,717	△80.9	12	500,376	927.1	27	1,255,828	150.9
専門・科学及び技術サービス	8	17,011	△92.4	33	200,225	1,077.0	44	175,290	△12.4
芸術・娯楽及びレジャーサービス	2	35,130	141.3	1	18,317	△47.9		15,620	△14.7
合計	590	7,142,593	△33.2	914	14,617,872	104.7	887	14,376,624	△16.5

（出所）経済部投資審議委員会「華僑及び外国人・国外投資・対中国大陸投資統計月報」

　経済部投資審議委員会の資料によると、2012年3月時点での中国企業の台湾での起業状況をみると、運輸及び倉庫、情報ソフトサービス、販売物流関連などサービス産業が中心で253社の企業が操業していることに注目したい。

　特に2011年の中国企業の台湾への投資額は前年比53.6％減の4,374万6,000ドルと大きく落ち込んでいるが、件数ベースでは逆に同29.1％増の102件となっており、投資額は小さいが中国企業の台湾投資も拡大しているといえよう。中台両岸の投資に関しては、金額、件数ともに台湾から中国への一方通行という感じが強いが、中国企業の対台湾投資が始まってまだ2年ほどであり、今後は両岸経済協力枠組み協議（ECFA）の進展により、中台の両岸経済関係は双方向の関係に発展していくものと思われる。このような中国企業の台湾投資の進展は、台湾に進出している日本企業にも中台両岸を跨いだビジネスチャンスを提供することになろう。とりわけ中国での販売を沿海部から内陸部へと積極的に販売戦略を展開する企業にとっては、台湾企業とのビジネスアライアンスだけでなく、このような運輸、物流、販売関連分野で台湾に進出している中国企業の中国での販路を活用するなどのビジネスアライアンスの可能性もでてこよう。

表3　日本の対台湾業種別投資推移　　　　　（単位：1000ドル、％）

業種	2009	2010	2011	業種別シェア(%)
農林水産牧畜業	8	30	21,603	4.8
製造業（小計）	79,853	137,913	184,633	41.5
食品・飲料・タバコ	1,029	4,471	6,907	1.5
紡績	3,632	124	335	0.07
アパレル、皮革製品	0	0	33	0.007
木竹,紙パルプ	7,857	81	0	—
印刷及び記録媒体	238	167	1,227	0.2
石油、石炭　製品	0	0	0	—
化学材料　製品	2,007	54,629	67,858	15.2
薬品	123	813	0	—
ゴム製品	12	0	1,229	0.2
プラスチック　製品	11,146	164	407	0.09
非金属・鉱物製品	12,056	44	113	0.02
基本金属	53	4,096	3,989	0.89
金属製品	3,207	1,541	10,952	2.4
電子部品	25,452	12,351	39,307	8.8
コンピュータ・電子製品	4,653	8,897	6,248	1.4
電気設備	2,220	20,846	1,064	0.2
機械設備	4,003	21,055	22,617	5
自動車及び部品	1,849	5,156	21,289	4.7
その他運搬手段	3	1,463	146	0.03
家具その他製造	315	1,607	1,095	0.2
産業用機械等	0	407	0	—
建設・ガス・電気・水道	8,493	5,943	41,923	9.4
卸・小売り	59,123	69,662	142,963	32.1
運輸・倉庫・通信	2,506	3,572	9,122	2
宿泊、飲食業257	1,911	1,759	0.3	
金融、保険	51,713	169,447	6,507	1.4
不動産業	9676,415	10,563	2.3	
科学、教育、医療芸術等	35,586	5,091	5,662	1.2
合計	238,961	399,984	444,867	100

出所：同上。

中国市場における台湾企業の経営上の特徴

　台湾の向こう岸の中国と反対の岸であるアジア市場を睨んだいわゆるアジア・中国の両岸ビジネス展開の拠点としての台湾のメリットについて筆者がインタビューした台湾企業の経営者、台湾ビジネスの経験豊富な日本人ビジネスマンが述べた台湾の投資先としての特徴は以下のように要約される。

一、台湾企業の技術力・ビジネス関係による市場開拓能力

　中国、アジアに進出している台湾企業はコンピュータ、電子部品、自動車・同部品、機械設備などいわゆる高度加工組み立て製品が多い。表5をみると、台湾企業の対中投資のなかでこれら高度加工組み立て企業の占める割は2011年で40.7％に達している。

　これら台湾企業は同地域における欧米、日本のグローバルセットメーカーに特化してこれら高度加工組み立て製品・部品の供給をおこなっており、その好例がLCDである。その技術力とビジネス関係および柔軟かつ迅速な生産体制を活用して構築した販売網を台湾企業が有していることを示している。さらに中国での国内販売だけでなく、2011年の中国の輸出トップ10には広達電脳、鴻海精密、和碩電子、仁宝電脳などのパソコン関連の台湾企業がランクされており、中国における台湾企業のプレゼンスは高い。

二、日本企業と台湾企業との経営方式での共通項—匠の心

　台湾企業は日本の文化的基盤の理解をベースに生産管理、品質管理、納期等の経営方式の面で日本企業との共通項が多い。台湾にはこのような高度加工の組み立て産業の部品メーカーの集積が進んでいることから、日本企業は技術力をベースに迅速かつ安価、高品質の製品・部品の生産能力をもつ台湾企業と中台両岸を跨いで製品・部品の生産委託加工などのビジネス連携を展開しやすい状況にある。表3の日本の台湾への業種別投資にみられるように、2011年では製造業が41.5％と半分近くを占め、そのうち化学材料、電子部品、機械設備、自動車部品の高度加工組み立て産業が33.7％を占めており、台湾企業の対中投資の構造と同じである。

　最近はただ単なるモノつくりだけでなく、台湾のR&D能力を活用して、JSR(LCD用材料の開発)、フジミインコーポレーテッド（10億元投じて研究開発センター設立）、TDK(LED、高省エネモーター等の研究開発)等日本企業のR&D戦略展開の動きが活発化していることにも注目したい。ECFAの進展は日本企業がこれら台湾企業のもつ技術力、関連部品メーカーを中国市場で効果的に活用できる機会を拡大することになる。

三、台湾企業の中国市場における販売実績と戦略展開

　台湾企業は中国と同じ文化的共通項を有することから中国市場では中国消費者の嗜好、傾向を正確に把握し、生産だけでなく、中国での小売り、流通面でも大きな実績を有している。

例えば大潤発という量販店は沿海部の市場だけでなく内陸部の
二、三線都市に的を絞り中国全土で143店舗を開設するなど積
極的な販売戦略を展開し、カルフールを抜くほどの販売実績を
みせている。

四、台湾の人材の活用—人的ネットワーク

　台湾には日本の経営文化を理解した技術者、マネジメント
スタッフ等の人材が豊富である。さらに中国には100以上の
台商協会が沿海部だけでなく、内陸地域において設立されて
おり、中国側の中央政府、地方政府等の関係機関との関係
（GUANXI）をもつ人材が多数存在する。今後沿海部から内陸
市場へとビジネスが拡大していくなかで、このような台湾人材
の持つ意味は日本企業にとり大きいといえる。

　このようにみると、日台企業間の共通項はかなりあり、双方
のビジネスアライアンスの可能性は高いといえるが、日本企業
からみると台湾企業は外国企業であり、双方には大きな差異が
あることを同時に認識しておくことも必要である。

　以下に筆者が日台ビジネスアライアンス促進事業のなかで経
験したことを紹介したい。

台湾人ビジネスマンのみた日本企業

　日本企業と台湾企業とのビジネスアライアンスの可能性は、
他の外国企業と比較すれば、すでに述べた台湾企業の経営上の

特徴を考えれば高いといえる。しかし、実際に台湾企業の経営
者がアジア・中国のビジネス最前線で日本企業をどうみている
か認識しておくことは、今後さらに日台ビジネスアライアンス
を進めるうえで重要であろう。

　筆者が限られた中国・アジア進出台湾企業の経営者にインタ
ビューしたところ、日本企業の問題として以下の点が指摘され
たことをあげておきたい。

　①台湾企業の経営者は中国でもその他アジアでも一度赴任す
ると20－30年とかなり長期にわたり滞在し、経営の現地化に努
めるが、日本人ビジネスマンは3－4年で帰国することから、現
地事情に大きな認識ギャップがある。②日本企業は自社製品の
品質に過剰の自信をもち、台湾企業が一定の品質以上の製品を
提供しても、20％前後の値下げをしない限り購入しない。④日
本企業の経営者はサラリーマン社長が多く、自分で決断できな
いだけでなく、ビジネス環境の変化への対応も難しく、リスク
を取り込もうとしない。

　この指摘された内容のなかで最も大きな問題は台湾ビジネス
マンは海外子会社では社長であり、決断、行動が迅速あるが、
日本人社長はサラリーマンであり、海外ビジネスリスクを取り
込み、決断、行動が迅速にできないということである。事実、
日本の中小企業に投資する投資会社の経営者はかつて筆者に
「海外ビジネスに関しては、1％でもリスクがあれば、避ける
べきである。」と述べたが、このコメントを台湾企業の日本子
会社の台湾人社長に伝えると「10％でも可能性があれば、チャ

レンジすべきである。」とのコメントが返ってきた。日台企業の経営面での共通性がよく強調されるが、ビジネスリスクへの対応、特に行動といった面では大きなギャップがあることを認識しておかなければならない。海外ビジネスに対する認識が共通ではないと、双方の信頼関係、ビジネスに対する共通ビジョンを持つことは日本企業の経営文化に精通している台湾企業といえども難しくなると言えよう。

表4　中国の台湾投資の推移　　　　　　　　　（単位：1000ドル）

年	件数	金額	前年比（%）
2009	23	37,486	-
2010	79	94,345	151.6
2011	102	43,746	△53.6

出所：同前

中国市場で直面する日系企業の経営問題

　中台の両岸を跨ぐビジネス戦略の展開で台湾企業の優位性に関し述べたが、中国に進出している日系企業がどのような問題に直面し、なぜ台湾企業とのビジネス最前線における連携が必要なのか、日本企業の経営実態をみながら検証したい。

　ジェトロが2011年に実施した「在アジア・オセアニア日系活動実態調査」によると、中国に進出している日系企業の突出した問題は①従業員の賃金上昇をトップに②調達コストの

上昇、③現地人材能力・意識、④競合相手の台頭（コスト面で
競合）、⑤従業員の質といった問題があげられている。人件費
の上昇、部材調達コストの上昇により、経営が圧迫されるなか
で、それを克服しサバイバルを図るために販売の拡大、部材調
達の現地化の徹底といった一連の経営を展開せざるを得ない状
況になっているものの、それを実行できる優秀な人材を確保
することが難しくなっている日本企業の問題の深刻さが窺われ
る。一方、台湾区電機電子工業同業公会が2011年に実施した
「中国大陸地域の投資環境とリスク調査によると、台湾企業の
抱える問題の深刻度が高い上位5つをみると以下の通りとなっ
ている。

(1) 電力不足：中国大陸電力企業連合会は2010年から2011年
にかけて中国の電力使用量は1兆2,500億ワットから1兆
3,000億ワットと前年比12％増加し、特に浙江省では2011
年第一四半期で50万の企業が停電の影響を受けている。

(2) 水不足：長江の中下流において過去60年で最大の乾燥に
より、降水量が通年の40〜50％減少するとともに、工業
用水の需要、産業排水の増大により、中国の655都市のう
ち約400都市が水不足となっている。

(3) 労働力不足：西部大開発等の農村建設政策のもとで、内
陸農村部からの出稼ぎ労働者が少なくなり、沿海部の労
働者不足の緩和は期待しがたい状況である。2009年の時
点で中国大陸東部と西部地区の労働者の給与格差は5％で
あり、5年前の15％と比較するとかなり縮小しており、労

　　働者不足は沿海部から内陸部へとシフトしている。

(4) 賃金の上昇：2011年中国報酬白皮書によると中国の賃金
　　上昇の要因として以下の点があげられている。
　　①経済環境の改善　②住居および食品価格等の急激な上
　　昇および企業がこのような急速な給与上昇に対して適応
　　力を増加させていること。③各地域の最低賃金が不断に
　　向上し、多くの企業がその対応に迫られている。④労働
　　市場での供給関係が厳しくなっており、労働者不足が深
　　刻化している。2011年における内陸二、三線級都市の人
　　件費の予算は13.18％の増加率であるが、北京、上海，
　　深圳等の一線級都市との賃金格差は縮小している。この
　　ため、紡績産業との集約産業はベトナム、バングラデッ
　　シュ、インドネシア等へ生産をシフトしなければならな
　　い。

(5) 資金不足：中国大陸人民銀行上調大型および中小型緊急
　　機構の貸出準備率が21％、17.5％と高いことから、とり
　　わけ中小企業にとり資金調達が難しい状況にある。中国
　　大陸中小企業協会の周徳文副会長は「このような融資規
　　制が緩和されない限り、2011年下半期には中国大陸の
　　40％の中小企業が操業停止、休業、倒産の可能性がある
　　とみている。

　　台湾電機電子同業公会が取り上げた台湾企業の直面する問題
は電力不足、水不足に続き、労働力不足、賃金の上昇、資金不

足と続き、基本的には日本企業同様に賃金上昇、労働者不足等によるコストアップである。このため、一部の台湾企業がベトナム、インドネシア等プラスチャイナワンへと生産シフトしていることが指摘されているが、台湾企業も日本企業も中国でのビジネス展開に関しては、共通の問題意識を有していることが窺われる。

　中国国家発展改革委員会宏観経済研究院の常修澤教授は「中国大陸は継続的に都市化を進めており、内陸市場の需要を刺激しており、今後ともこのように成長を続ける消費市場が拡大していけば、新たなビジネスチャンスをもたらすだろう。」と述べている。事実台湾企業の内陸展開はすでに開始されており、表5にみられるように、これまで多くの台湾企業の投資を吸収してきた上海、江蘇省、広東省の投資額のシェアが2010年の66.1％2011年には61.2％へと減少している。代わって四川省、遼寧省、湖北省等の内陸都市への投資が増加していることに注目したい。

　以上は中国全体で操業する日本企業および台湾企業のアンケート調査が浮き彫りにした経営実態である。日本企業も台湾企業も中国市場での新たなるビジネスチャンスを求めて内陸市場を目指しているが、沿海部から内陸へのビジネス展開の実態と問題を筆者が最近、重慶・成都進出日系企業に対して実施した現場調査により検証し、日本企業と台湾企業のビジネスアライアンスの可能性を個別具体的事例に基づき考察したい。

表5　台湾の中国大陸地域別投資　　　　　　（単位：1000ドル）

	2009	2010	2011
北京市	187,520	177,983	154,156
	[20]	[39]	「28」
天津市	176,879	278,055	211,870
	[18]	[18]	[9]
河北省	50,715	133,167	50,601
	[2]	[8]	[5]
山西省	101,948	130,975	69,744
	[0]	[4]	[5]
内モンゴル	0	790	149
	[0]	[4]	[0]
遼寧省	124,604	77,665	464,618
	[15]	[6]	[17]
吉林省	6,230	3,226	15,958
	[3]	[3]	[3]
黒竜江省	13,940	2,116	1,600
	[4]	[2]	[0]
上海市	955,000	1,961,340	2,175,859
	[81]	[137]	[108]
江蘇省	2,746,633	5,501,825	4,425,885
	[158]	[230]	[204
浙江省	592,180	722,624	724,465
	[39]	[51]	[52]
安徽省	67,715	145,154	189,421
	[6]	[12]	[8]
福建省	262,467	881,654	923,407
	[36]	[66]	[77]
江西省	54,740	115,445	161,623
	[14]	[14]	[12]
山東省	170,952	386,664	470,717
	[15]	[36]	[25]

河南省	1,372	97,972	113,434
	[2]	[13]	[3]
湖北省	65,368	156,768	189,817
	[5]	[16]	[14]
湖南省	3,510	113,739	65,196
	[4]	[10]	[13]
広東省	1,282,165	2,618,867	2,205,068
	[132]	[159]	[187]
広西省	65,255	28,132 167,471	
	[1]	[7]	[11]
海南省	5,783	3,385	0
	[1]	[2]	[0]
重慶市	66,907	547,212	448,160
	[4]	[22]	[42]
四川省	52,914	274,368	927,606
	[10]	[23]	[44]
貴州省	1,000	42,374	109,113
	[1]	[5]	[6]
雲南省	4,359	75,281	1,621
	[1]	[2]	[2]
チベット	-	42	0
	-	[2]	[0]
合計	7,142,593	14,617,872	14,376,624
	[590]	[914]	[887]

（注）[　　]内は件数
（出所）同前

内陸市場は新たなビジネスチャンス

　今回日系の自動車関連企業を中心に重慶と成都でみてきたが、企業経営者の視線から日台企業のビジネスアライアンスの具体的な事例として参考に供するため、販売、人材確保、部材調達、品質管理の4点に絞り紹介したい。

一、顧客の多角化を目指す－H社（各種ケーブル生産：重慶）

① 当社は重慶で生産するケーブル等の自動車部品の供給先をホンダ、トヨタといった日系企業からGM、ボルボなどの欧米企業、中国地場企業へと供給先を多様化するため、重慶にR&Dセンターを設立している。

② 顧客の多角化は部品開発、品質管理、販路構築等で優秀な人材が不可欠である。当社が沿海都市ではなく重慶にR&Dセンターを設立した理由は重慶大学の優秀な技術であり、90人程度の技術者を有しているが転職率が高まっている。

③ 当社では生産ラインでの品質検査と検査部門での品質検査の二重チェックを行っている。特定の生産ラインでは6名の検査要員を配置しており、生産要員と検査要員の割合は6：4と検査要員が非常に多い。その理由として当社の専用工場の不良品発生率は300ppm〜1000ppmと高い。

④ 当社の現地部材調達率は金額ベースで70％程度で日系企業を含め約60社から部材を調達している。中国企業から

部材を調達する場合は、定期的に中国企業の生産ライン
を検査し、1週間くらい日本人技術者を派遣し、技術指
導をおこなっている。枢要部品に関しては日系部品メー
カーに依存せざるをえず、関連企業の進出を要請してい
る。

二、都市から農村市場を狙う－Y社（二輪車：重慶）

① 重慶建設工業集団との合弁であるY社は年間40万台の二
輪車を生産しているが、不良品の発生率が高く10％であ
る。工場の掲示板には21台生産して10台が品質的に合格
という記載がみられた。品質管理の中核は女子従業員で
全従業員の3割を占める。

② 当社の二輪車の現地部品調達率は80％に達している。日
本から輸入している部品は2点のみで現地化を徹底してい
る。調達先は260社で、そのうち日系企業は41社。当地
では部材を調達する中国企業に対しては、設計図を手交
し、その通り生産しているか検査、技術指導することが
常識となっている。さらに現地化の観点から生産設備も
ほとんど中国製であるが、日本製のように20～30年と使
用期間は長くなく、せいぜい5～6年であることを前提と
した経営方式が求められている。

③ 当社の大卒技術者は10人であるが、不良品の発生率は全
体で2割程度であり、生産ラインの従業員の転職率は年
10％前後である。契約社員も1000名ほど抱えているが年

間150名ほど転職していく。

④ 沿海部の都市では交通規制、ガス規制のために二輪車は沿海市場に入れないため、内陸農村市場をターゲットにしている。現在生産している二輪車は5000〜5500元であるが、これを40％程度引き下げるためにコスト削減に注力している。

三、生産ラインの自動化と多能工化－Z社（差圧圧力伝送器等：重慶）

① 部品の現地調達率は90％で、ほとんど中国地場メーカーから調達している。日系企業は1〜2社程度であるが、不良品の発生率はコンマ以下。進出後17年で地場部品メーカーの育成に成功している。

② 製品の品質を維持するために、従業員の多能工化、実績主義を徹底しており、一人の中国人従業員が生産ラインで6台の生産設備を操作する。

③ 従業員の転職率は年間3％と低い。従業員の給与は年間19か月で、そのほかボーナス、住宅積立金等で相当の配慮をすると同時に、スポーツ大会、レイクレーション等を通じて従業員とのコミュニーケーションを図り、一体化を進めている。

　しかし、中国企業を主要顧客としているので、代金回収に問題があり、2010年売り上げの18％が未収金となっている。代金回収専門部隊として、400人の従業員のうち

130人を配置している。

四、原材料はすべて日本から輸入－Ｓ社（ステアリング部品等：成都）

① 日本から中古機械を持ってきて操業し、その後中国製機械を導入し現在は9割が中国製である。中国製機械の使用期限は20万元するNC旋盤でも5年が限度である。

② 材料はすべて日本から輸入しており、日本の価格より25％高い。そのため、製品の6割が材料コストである。部品の供給先は日系企業が主要顧客であるが、欧米企業、中国地場企業への供給を進めているので、中国製の部材の調達を検討している。

③ ここ成都ではトヨタのような大企業では停電は発生しないが、当社のような中小企業では停電がよく発生する。

五、日系部品メーカーから部品を調達－Ｔ社（自動車：成都）

① 自動車部品の現地調達率は70％。部品の調達先は120社で調達額は24億元に達しており、そのうち9割が日系企業である。中国地場企業が1割程度なのは、部品の品質基準がＴ社の基準に合わないからである。

② 社の品質基準からみると中国地場企業からの部品調達は難しいので、現地進出日系企業もしくは日本から部品を輸入することを検討している。品質を維持していくには日本からの輸入部品に依拠しなければならない。

③ 生産設備も中国製を使用してきたが、日本のプレス機械は30年使用できるが、中国　製は10年以下である。今後は設備で自動車を生産するのではなく、人の手を以て自動車をつくるという匠の心を育成する。当社の工場の壁には「毎个作業員是高品質確保的唯一責任者好的産品、好的産品」という看板が掲示されていた。

④ 当社の大卒技術者の給与は3,950元、ワーカーが2,100元であり、賃金も上昇しており成都のような内陸都市においても技術者、マネジメントスタッフの転職率は高まっている。

六、セブン・イレブンの内陸戦略を聞く

　以上重慶、成都に進出している自動車関連の企業の経営実態をみてきたが、流通・販売関係の企業の内陸戦略についてもインタビューすることができたので紹介する。

　セブン・イレブンの北京有限公司の董事長の経験をもつ関係者は、内陸市場に関しては、市場が拡大していることを認識しているものの、同社は中国で販売している製品のほぼ100％を現地生産しており、その生産のためには、食品が中心であるため、水、電気、ガス、物流サービス等のインフラが整備されていることが前提条件となるとのことであった。たとえば中国で展開している販売店に食品を供給する場合、1日の水の使用量が1トンにも達し、電気、水道、ガス等も常に供給されていないと販売店に対する食品の供給が難しいとのことであった。例

えば一つの販売店に食品を供給する場合、1日1トンの水を使用することになるので、井戸を10個ほどほらなくてはならないとのことである。それからこれらの井戸水も殺菌しながら使用しなければならないことから、食品を作るためには、下水道、工業用水等のインフラが完備していることが前提条件になる。同社は沿海部では天津に台湾企業との合弁で、成都では中国地場企業との合弁で工場を建設し、食品の現地調達率をほぼ100％にしている。今後とも内陸都市のインフラ状況をみながら販売、生産拠点の構築を目指すとのことであった。

　台湾企業との合弁のメリットとして、台湾側関係者が中国人従業員の労務管理に豊富な経験をもち、手慣れていることがあげられた。

　当社のコンビニエンスストア1店舗の売り上げは1日あたり4,500元〜7,500元で、セブン・イレブン北京は1万6,000元とのことである。同社は現在販売店を1732店舗有しているが、内陸市場では共稼ぎの女性の顧客をターゲットに販売戦略を展開していくことを検討している。内陸市場での販売戦略の展開においても台湾企業とのビジネスアライアンスの可能性は食品の現地調達、人材確保、人材管理、販路拡大等さまざまな面で高まる傾向にあるといえよう。

　以上わずか6社にて日系企業の内陸進出ケーススタデイを見てきたが、その経営実態を総括すると以下のようになる。

一、内陸都市でも高まる転職率

　重慶、成都にはたとえば重慶大学のようなレベルの高い大学が集中しており、最近の大学生の増加に伴い、この二都市においても大学生は大幅に増大している。沿海部に比べれば大卒の採用は比較的容易である。しかし、最近の内陸部への外国企業の投資等による市場の拡大により、労働構造に大きな変化がみられる。今回訪問した重慶、成都の企業関係者が口を揃えて指摘したことは、従来沿海部に出稼ぎにでていた農民工が内陸部で就職できるようになったことである。沿海部との生活費の格差を考えれば内陸部に留まるのがはるかに有利だからだ。今回訪問した成都の企業のなかには、大卒技術者の給与が3,950元、ワーカーの賃金は2,100元との企業があった。同地に進出しているフォルクスワーゲンはさらに高い月給で、ボーナスを入れると21か月分を年間支給しており賃金レベル急激に上昇しているとのことであった。内陸都市は人材確保が沿海部に比べ有利とみなされているが、欧米企業のほかに富士康など台湾企業の大量採用もあり、内陸都市といえども人材確保は難しくなりつつあるのが実態である。

二、人材育成が大き課題

　中国に進出している日系企業の共通の問題として、従業員の賃金が上昇するなかで、どのようにして質の高い従業員を確保していくかが重要な課題である。今回訪問した企業で重慶にR&Dセンターを有し、顧客を日系企業だけでなく、中国進出

欧米企業、中国地場企業と多角化している企業の生産ラインを
みせてもらったが、この生産ラインの班長、課長クラスは工
業高校出身の中間管理職であり、品質管理等の作業を任せてお
り、彼等のやる気と自習性を尊重する方針を打ち出している。
もちろん完全に任せるのではなく、日本の本社からの技術者派
遣により適宜、訓練もしくは技術面でのアドバイスを行うな
ど、指導、訓練も同時に実施している。品質管理面関しては、
実績主義を徹底しており、従業員のパフォーマンスにより、緑
（優秀）、黄色（一部問題あり）、赤（かなり問題あり）と分
類し、競争心を煽るよう配慮している。

　成都の中国長安汽車集団との合弁企業の場合は、これまで中
国側の合弁企業から従業員を採用していたが、人材市場から独
自に採用することに切り変えるとともに、従業員とのコミニュ
ーケシヨンの強化、総経理と従業員との面談を毎月10日に実
施、優秀な提案に対する表彰制度の実施、従業員の団結精神の
重要性を朝礼等で強調するなど経営陣と従業員の精神的一体化
を中核とする日本式経営を打ち出している。この背景には従業
員からの内部告発が多くみられるため、彼らの問題点を先取り
するとの意図もある。さらに従業員に対しては技術、能力を高
め、積極性を引き出すために、タイ、台湾、インドなどの当社
の生産拠点に研修に出したり、宗申グループ、長安鈴木との合
同の勉強会を開催していることにも注目したい。

三、現地調達の徹底による大量不良品発生

　今回訪問した重慶の日系企業はコスト削減のために、部品、生産設備の現地超調達を進めているが、問題は中国製部品の品質であり、中国企業には技術者を1週間くらい派遣し、技術指導を行っている。さらに中国企業から調達した部品は全数検査をしており、不良部品との取り換え在庫として、常に2か月程度在庫を保有していなければならないなど、コスト削減のための部品、生産設備の現地調達の徹底は不良品の大量発生といった問題を惹起している。

四、セブン・イレブンのような流通・販売関連企業

　流通・販売関連企業にとって食品の現地生産はコスト削減の観点から製造業同様に大きな意味を持っているが、さら食品の衛生的転換点から、水、電気、ガス、物流サービス等のインフラが内陸部において整備されていることが重要な進出の要件であり、これらインフラ整備の働きかけを地方政府にする必要がある。

五、日系企業から欧米企業、中国地場企業へと販路拡大

　重慶にR&Dセンターを持つ企業の売り上げの52％が中国市場向けであり、その売り上げも最近は好調で年40％の伸びをみせているとのことである。今後5年くらいでその売り上げを50億元にすることを目標としている。このために生産設備、部材の現地調達、人材の現地化、顧客の多角化を進めている。さら

に重慶の二輪車メーカーも同様の経営戦略を展開しており、二輪車に対する交通規制、ガス規制により、使用を制限される二輪車の販売先を沿海部の都市ではなく、内陸部の農村地帯に重点を置く方針を打ち出している。二輪車の価格を内陸農民の所得レベルに合わせるために、今後は電動モーターの生産も計画しており、農民の所得レベルにあった価格で販売することを検討している。この企業はすでに中国全土に27の販売代理店と販売店を2000店有しているが、この販売ネットワークをさらに中国内陸部農村地帯に拡大する方向にある。そのほかに電子部品メーカー及び成都の自動車部品メーカーも同様に日系企業以外の顧客の獲得を目指している。中国市場でのビジネスのグローバル化が中国内陸市場で始まっていることに注目したい。

　今回成都の自動車メーカーからのみ、中国市場向けの安価な車の生産に関しては、同社の特別品質基準もあり、難しいとのとのコメントがあった。同社の成都工場の車の設計は依然本社で行っているとのことであった。日本企業の中国内陸進出も現地市場対応型と日本市場維持型に分化しているといえよう。

内陸部に日・台・中の合同中小企業支援センターを

　日本企業が中国の沿海部から内陸部へとビジネス戦略を拡大していくなかで、最大の問題は対中投資の大部分を占める中小部品メーカー等、中国でのビジネス経験、人材不足等に悩む中小企業を如何にソフトランデイングさせるかである。台湾区電

機電子工業公会の「2011年中国大陸地域の投資環境とリスク調査」によると、今後の台湾企業の対中投資は中小企業から大企業へと主導権がシフトすることが指摘されているが、このことは対中投資における中小企業のプレゼンセンスが減少することを意味しない。むしろ中国進出大企業に対する高品質で価格競争力のある部品供給、各種サービス等の供給面での重要性が一層高まるというのが実態であろう。ここでは技術力はあるものの、資金力、人材不足に悩む中小企業を支援する目的で余姚市政府の支援のもとに医療機器メーカー「金輝有限公司」の金毅董事長が中心となり、日本中小企業孵化工業団地を建設し、環境関連機器、電子、自動車、医療機械等の高度加工組み立て産業に属する中小企業の誘致、支援を目指す構想が進められていることを紹介したい。

　入居企業に対するサービス内容に関しては、現在検討中であるが、人材確保、輸出入手続きから部材調達、販売等中国でのビジネス展開に当たり必要な情報、アドバイス提供する方向で準備を進めている。この中小企業支援センターへの入居料も1年目は無料で2年目は50％、3年目から全額支払うといったサービスを前提としている。

　しかも、この中小企業支援センターの経営上の特徴として強調したいのは、経営スタッフに中国ビジネスに豊富な経験をもち、日本語、英語のできる台湾人ビジネスマンを採用しておりさらに、経営アドバイザーとして能力のある台湾ビジネスマンをさらに複数雇用するために、金毅社長みずから台湾へでかけ

人選を進めていることを強調したい。今後の人材確保の方針と
しては、中国ビジネスの豊富な経験をもつ日本人の経営アドバ
イザーの採用も準備しており、この中小企業支援センターのな
かで、日台双方の経営アドバイザーの支援により、日台企業の
ビジネスアライアンスを進めることも目指している。

　中国進出台湾企業、日本企業は前述したとおり、電力不足、
水不足、労働力不足、賃金上昇、資金不足といったさまざまな
問題に直面しており、今後沿海部から内陸部にビジネス展開す
る場合にこれらの問題がさらに深刻化する可能性があることか
ら、その防波堤として、台湾企業、日本企業そして中国企業の
もつメリットを活かした中小企業の支援センター設立のもつ意
味は極めて大きいといえよう。

　この日台中の共同中小企業支援センター設立に関する交渉の
取り纏め役は台湾企業の人材に期待することになるであろう。
今後、日本の中小企業が中国内陸部でのビジネス展開にあた
り、台湾の人材に対する期待感はさらに高まるであろう。

（余姚市の日本中小企業孵化工業団地建設現場－2012年12月完成予
定）

日本中小企業孵化工業団の概要
立地：余姚市の城東
用地面積：3万9632平方メートル
建築総面積：11.29万メートル
地下建築面積：1万5,000平方メートル
地上建築総面積：9万7,900平方メートル
施設：生産ビル2インキュベーシヨンセンター4
人材育成センター1、中小企業サービスセンター1、展示場1、銀行用ビル
1

出所：金輝有限公司提供資料

日台アライアンスにおける経験蓄積と中国での共同市場展開[1]

根橋玲子

（台湾区電機電子同業工業公会東京事務所顧問）

---

[1] 本論文は、2011年度（財）交流協会共同研究助成事業（人文・社会科学分野）「台湾人ビジネスマンのライフヒストリーから見えてくること：日台アライアンスを成功に導くキーパーソン」による調査プロジェクト（プロジェクトメンバー：東京大学大学院経済学研究科新宅純二郎准教授（リーダー）、蔡錫勲（淡江大学アジア研究所日本研究組副教授）、岸保行（東京大学ものづくり経営研究センター特任助教）、浜松翔平（東京大学大学院経済学研究科博士課程）、施瀚雅（淡江大学アジア研究所日本研究組修士課程）で訪問した佳能企業董事長董炯熙氏（2011年11月2日）のヒアリング内容、同年10月の同氏岐阜講演による内容を一部論文化したものである。なお、本研究プロジェクトの最中の 2011 年 11月に、当初、日本側プロジェクトリーダーであった天野倫文准教授（東京大学大学院経済学研究科）がご逝去されました。ここに、慎んで天野倫文教授のご冥福をお祈り申し上げる次第です。

――――― 主な内容 ―――――

日本企業のOEMによりものづくり組織能力が向上

台日アライアンスの経験蓄積とものづくり能力の伝播

台日アライアンスによる新興国市場での市場創出

まとめとディスカッション

　日台アライアンスの成功要件として、日本と台湾の企業間を繋ぐリエゾン的役割を果たす台湾企業の存在がある。継続的な日台アライアンス経験の蓄積により、日台連携の「HUB（ハブ）機能」を持つ台湾企業が創造された。こうした「ハブ企業」は、数多くの日本企業とのアライアンス経験からの継続的学習により、日本企業の経営能力、組織能力、生産管理能力、人事管理能力等を習得している。欧米企業や中国企業との連携も多く行う「ハブ企業」は、日本企業の特徴や優位性を良く理解できる立場におり、台湾や中国において、日本企業をよく知らない地場企業に対し、日本企業や日本製品、日本技術の活用方法を伝達する役割を果たしている。また「ハブ企業」は日台企業連携を担うベンチャーも創出している。日本中小企業が中国展開を行う場合に、台湾「ハブ企業」の積極的な活用を検討することが、中国進出リスクを減少し、中国での事業成功に繋がることが期待される。

日本企業のOEMによりものづくり組織能力が向上

－OEM製造からODM、EMS企業への発展を行う台湾企業－

　台湾企業は戦後、OEM製造受託による日本企業とのアライアンス関係の中で、製造ノウハウや工場管理ノウハウを学習してきたが、その後ODMからさらにEMSに発展する過程において、現地部品調達が重要な要となっている。さらに最適なコストでの調達や、低廉な価格でも日系企業に対応できる品質水準

で調達可能かどうかという点が、OEM製造からODM、さらに
EMS企業と企業発展を行えるかどうかを左右するといえる。

　本論では、台湾でのサプライヤー育成を重視し、まさに日本
型ものづくりを台湾の中小企業に伝播する重要な役割を担った
台湾企業を取り上げている。こうした企業は、日本と台湾の産
業や企業を繋ぐハブ機能を持ち、リエゾン的な役割を果たして
いる。

一、計算機販売代理店から世界のEMS企業へ

　佳能企業股份有限公司（以下、佳能企業）は、2010年にデジ
タルカメラ製造で世界シェアトップを奪取するグローバル企業
にまで成長した台湾企業である。同社は1970年代よりキヤノン
とのアライアンスを開始して以来、台中周辺の電子部品サプラ
イヤー育成に尽力した30年間を経て、2000年にデジタルカメ
ラ製造を行えるまで自社組織能力を獲得した。

　佳能企業を統括する能率集団は、能率投資をホールディング
カンパニーとして、傘下に佳能企業のほか、應華精密科技、上
奇科技、精熙国際等、電子製造業を擁する台湾大手電子集団で
ある。應華精密はデジタルカメラ受託製造、精熙国際はデジタ
ルカメラ部品の金属製きょう体、プラスチック製きょう体製造
で、それぞれ世界シェアナンバーワンとなっている。グループ
の根幹をなす佳能企業は、創業者である董烱熙董事長が、1965
年にキヤノンの台湾総販売代理店として設立した（表1）。

表1　佳能企業の企業概要

会社名	佳能企業（ABILITY ENTERPRISE）
設立	1965年5月21日
住所	台北市松山区復興北路147号
資本金	43億7万元
社員数	840名
代表者名	董烱熙　董事長
海外拠点	中国（広東省東莞市）、米国（カリフォルニア州）、日本
主要製品	デジタルカメラ等（OEM生産）
売上高	約511億元(2010年)
ウェブサイト	www.abico.com.tw

出所：同社ウェブサイト等より作成

　2003年に銓訊科技を合併し、デジタルカメラ製造受託業に参入すると、同社の基幹事業であるデジタルカメラ製造の出荷台数は、2010年には大手の華晶科技や鴻海を越え2000万台を突破、デジタルカメラのEMS（受託製造）で実質世界シェアナンバーワンとなった。佳能企業の現在の主要業務としては、デジタルスチールカメラ、コンパクトカメラモジュール製造がメインとなっている。

二、30年に亘るキヤノンとのパートナーシップと日台アライアンスの幕開け

　キヤノン株式会社（以下、キヤノン、表2参照）から総販売代理権を付与され、1970年設立した佳能企業創業者の董烱熙氏

は1936年生まれの現在75歳である。公務員の父を持つ高雄出身の董氏は、海洋技術学院を経て早稲田大学に留学した。キヤノンとの出会いは、董焛熙氏が早稲田大学大学院機械工学科に在籍していた29歳の時である。当時キヤノンはカメラ製造企業であったが、丁度事務機に移行する時期で、事務機の第一号として電卓の製造販売を開始していた。そのため台湾で電子計算機を販売する代理店を探しており、董会長は自らプレゼン資料を準備し、キヤノンに台湾での電卓販売を申し入れた。董氏は製品知識を勉強するためキヤノン工場で1か月のサービス研修を受けたが、その姿勢が評価され、董氏は代理権を獲得することになった。

表2　キヤノンの企業概要

会社名	キヤノン（Canon）
設立	1937年8月10日
住所	東京都大田区下丸子3丁目30番2号
資本金	174,762百万丹（2011年12月31日現在）
従業員数	25,449人（2011年12月31日現在）
代表者名	御手洗富士夫　会長
主要製品	事務機・カメラ・光学機器等
売上高	連結3,557,433百万丹（2011年12月決算）
ウェブサイト	http://canon.jp/

出所：同社ウェブサイトより作成

　佳能企業は、当時は世界でも先進的分野であった事務機器の台湾代理店となり、当時電子計算機は高額商品であったが、董氏は1年目から政府機関、銀行や大手企業に7台を販売するなど好調に販売を行った。その後台湾市場が拡大し、ファクシミリ、コピー機、電子計算機などオフィス用事務機の売り上げが急成長、最盛期には台湾市場において、カメラで1割、事務機で9割のシェアを得たという。董氏が総代理店としてのキヤノンのブランドを活用、台湾内での営業販売網を構築したため、キヤノンは事務機の販売に必要な台湾内でのネットワークを得られたという。

　1990年代に入ると、佳能企業の販売ネットワークが拡大し、東芝やカシオ等も製品の代理販売を佳能企業に任せるようになった。1995年には台湾株式市場に上場、台湾で「佳能企業」として株式銘柄登録をされることとなった[2]。当時の年間売上高は30億元に達し、台湾の大手事務機器販売企業の一つとなった。1990年後半に欧米大手事務機器メーカーの台湾進出による市場価格の大幅な下落により、事務機器代理販売ビジネスが立ち行かなくなると、佳能企業の年間売上高は23億元程度まで落

---

[2] キヤノンは、現在中国での同社ブランド名を「佳能」に統一している。「佳能」の漢字は、董氏が考案した名前である。キヤノンは当初中国では色々な漢字でブランド表記をしており、上海では「錦袋」、香港では「堧農」を使用していた。2000年に入り、中国内でブランド名とイメージが一致しないことから、中国で統一したブランド名称として「佳能」を使用したいと申し入れがあり、董氏が快諾したという。

ち込み株価も下落した。佳能企業はセールスマンの育成などキ
ヤノンの人材育成協力も行っていたが、2002年にキヤノンに台
湾総販売代理店を返還すると、日本から派遣の副総経理は帰国
した。その後キヤノン本社は佳能との合弁により台湾支社を開
設したが3年で解消、現在キヤノンの台湾事業は、販売・サー
ビス部門が分離され、キヤノン直轄の台湾佳能資訊（キヤノン
マーケティング台湾）が100％株式を保有している。

　日本企業の総販売代理店を辞め、自社製品を持たない販売代
理店から業態転換するために、董氏は2002年に光宝集団からの
詮訊科技買収を行った。詮訊科技の技術力を活用することで、
佳能企業はデジタルカメラの受託製造に着手することとなっ
た。

三、デジタルカメラ製造企業への飛躍と日系企業とのつながり

　2003年1月1日、デジタルカメラ製造・開発を開始した佳能
企業は、見事に販売会社からデジタルカメラの製造会社に転
身した。1年目の2003年はカシオからOEM受託し170万台を生
産、その後も積極的に日本の顧客を開拓しカシオ、ペンタック
ス等から受注に成功、順調にシェアを拡大していった。結果、
売上は2002年の約25億元から2006年には10倍程度の約246億元
に急成長した。2008年よりOEMからODMに発展し、2009年に
は1,530万台のカメラ製造を行った。さらに2010年には2,350万
台のカメラを製造、わずか3年で量産拡大を行うEMS企業へと
転換した。デジタルカメラ出荷先の8割が日本顧客である佳能

企業は、2011年現在のデジタルカメラ出荷台数は2,500万台まで成長した。出荷ベースでは2010年のグローバルEMS生産で世界一位となり、グローバルの5大デジタルカメラ製造業者となっている。現在世界のデジタルカメラ出荷数は1億台であるが、10台に2台のデジタルカメラが佳能の設計・生産によるものである。

　デジタルカメラ製造の開始により、佳能企業の売上高は向上、2008年、2009年はリーマンショックの影響で12%前後の売上減少があったものの、2003～2010年出荷ベースで毎年50％成長を行ってきた。営業収入に於いても2003年の68億から、2010年には517億に上った。営業利益は、2010 年の対前年比成長9.90%、2010年の税引き後利益は一株当たり5.39元となり、佳能企業は永続的な企業成長を達成している。

四、デジタルカメラ業界の特徴と日本企業のものづくり付加価値の高さ

　佳能企業の生産開始当初は日本企業からのOEM受託でスタートし、2008年頃にはODM受託となり、資材、スペックは台湾側で決定するようになった。現在は、この台湾側のスペックで世界展開を行っているが、日系大手企業の台湾ODMへの移行により、日本中小企業への発注部品が、台湾企業への発注に移行していることが指摘されている。日系企業のODMやEMS受託で、董氏によれば、台湾企業がカメラ製造を行うモデルでは、日本のものづくりの付加価値の方が高く、部品ベースで

は、日本の付加価値8割、台湾の付加価値2割ぐらいであるという。これは一種の分業であり、責任分担のようなものであり、董氏は、日本国内での発注が減少した日本中小企業は積極的に台湾企業と連携し、ビジネスを確保することが重要であるという。

　董氏によれば、デジタルカメラは機構部品が少なく、製品のライフサイクルが短いため、短期間での大量生産が必要である。こうしたものづくりは日本企業が得意としない分野であり、ものづくりの概念が違うという。日本企業のものづくりは、サプライヤーや関連業者、卸業者と密接な関係を持って、お互いに考えてより良いものを作り込める利点があるが、ものづくり段階での投下コストを考えると、3～5年の製品サイクルがある製品でないと投資回収できない。EMSは大規模でないと生存できないという条件があるかわり、コスト追求型で利益を追求するビジネスモデルである。EMS企業は、集中購買により単価も安くなり部品購買力も高い。台湾のEMS企業の付加価値率が2.7％というのは既に新聞でも公表されているが、それでビジネスが成り立つというのが、台湾のものづくりの強みである。

五、台湾ベンチャーが大手EMS企業になった理由

　佳能企業の董氏によれば、台湾では中小企業の支援策を豊富に有しており、中小企業にとっても上場が容易であることから、広く資金を調達できる優位性を持つ。台湾企業の水平・垂

直統合効果は、グループ経営の効果にも波及し、整理統合と拡張が合理的に進んでいる。こうしたグループ経営は、量産の仕入れ効果があり、それもEMS企業発展の基盤となっている。EMS業界は120万人の雇用を生み出しているが、マンモス企業であっても下請け的中小企業のようにブランドを持たない。

　当初台湾でデジタルカメラ製造を行う企業は10数社あったが、現在も製造を続けているのは3社である。このうち1社はパソコン用カメラで、年間4000万台を製造している。台湾では、M&Aが一般的であり、生き残った会社は、生き残れなかった会社の設備から技術など全て吸収して発展するという。董氏はこれを「肥料効果」と呼んでいる。この肥料効果により、半分の時間と半分のコストで会社を発展、拡張することができるという。台湾では水平統合や垂直統合が盛んであるため、規模が大きくなると部品製造企業を吸収合併するのは一般的であるという。

　台湾のものづくりが強い理由として、董氏は「台湾企業はものづくりのDNAを日本からもらったから」であると語る。当時キヤノンが台中に工場を作り台湾でものづくりを始めた時に、日系企業が台湾人の管理能力を育て上げたという。台湾の工場では、日本の製造現場のものづくり用語が公用語となっており、日系企業が台湾企業に生産管理能力を教えた歴史があるからこそ、台湾企業はEMSに参入できたという。もう一つの理由として、EMS事業は売上高が一度に何兆とならないと大赤字となるため顧客の信頼がないと難しい。佳能企業は、現在デジ

タルカメラ製造事業の8割がニコン、ソニー、カシオ、フジフィルムなど日系顧客であり、同社EMS事業は台湾と日本との長期的連携や信頼関係が生きている。

六、キヤノンや関連部品メーカーとの合弁事業で技術ノウハウを蓄積

　1970年代キヤノンの台湾台中加工区でのカメラ製造の海外第1工場設立時に、台湾の販売代理店を担った董氏は、台中でのカメラ製造に必要な部品・付属品の調達を支援するようになったという。最初は、カメラのレザーケースの製造からスタートし、のちにカメラ部品のプレスや精密金型を行う下請け工場を、日系企業と合弁で設立することとなった。現在、台中にはキヤノン向けの精密部品製造の一大集積地が存在し、キヤノン向け部品製造を行う約200社の協力会も結成しており、これは董氏による功績も大きい。次節では、日系企業との合弁事業による経験蓄積が同社ものづくり能力を構築したことを述べる。

台日アライアンスの経験蓄積とものづくり能力の伝播

一、台中の光学部品産業は日系の現調対策で成長

　1970年代に、キヤノンの台中加工区でのカメラ製造開始に伴い、キャノンからの依頼により部品・付属品の調達支援を行う

ことになった董氏は、日系の関連部品メーカーと合弁で台中地区に工場を設立していった。当初日系カメラメーカーは部品や印刷物など全て日本から調達していたが、台湾アセンブリーで最終製品にして米国出荷を行うことで、間接的に日本の外貨バランス問題の解消を行ってきたという歴史的背景もあった。佳能は、その後日系企業との連携で、プレス部品、プラスチック部品など、カメラ関連のサプライヤー設立を手掛けた。地場に適当な台湾企業がない場合には、董会長個人の投資会社を通して出資、日本企業の台湾側パートナーを引き受ける形で、日台アライアンスの合弁企業を10数社立ち上げたという。

　このようにして、1980年代以降台中では、プレス部品、プラスチック部品、レンズ部品等光学部品産業が育成され、光学サプライヤーの一大基地が形成された。その後佳能企業は3年のキヤノンとの合弁事業を経て、業態をEMS事業に転換することになる。

事例①　長瀬工業所（革ケース製造）とのアライアンス

　佳能企業は、1973年に製造分野における第一号日台アライアンスを行った。初めての合弁事業はカメラ用レザーケース工場で、合弁相手は長瀬工業所である。当初はキヤノンの指導でキヤノン納入用に製造しており、佳能が台湾でものづくりをスタートしたきっかけとなった。当時カメラは革ケースとセット販売を行っていたが、アセンブリーを台湾で行うことになると、革ケースだけを日本から輸出していた。革ケースの製造は殆ど

手作業で、職人仕事であったため、ノウハウ習得のため佳能か
ら日本へ従業員を派遣、工場研修を行った。佳能の従業員に、
日本に技術を習得させ、革の縫製ができる人材を育成した。今
年37年になるが、この工場は現在も操業している。

事例②　株式会社オハラ（光学レンズメーカー）とのアライアン
ス

　佳能企業は、1986年9月に日系光学メーカー(株)オハラ（当
時小原光学）との合弁で光学プレス品製造・販売会社「台湾小
原光学股份有限公司」を台中の輸出加工区に設立した。カメラ
レンズの磨き前材料製造、レンズのプレスや溶解を行う。

　株式会社オハラは、1935年設立の東証一部上場企業（資本
金:58億5千5百万円、従業員数:430名）で、独自開発のガラス
溶解技術やプレス技術を有する。オハラは、1958年にランタン
ガラス生産を開始し、翌年から米国に輸出を行っている。独自
開発のガラス溶解技術やプレス技術を有しており、 1969年に
は同社ブランドのオハラガラスがアポロ11号に使用され、初の
月面到着を達成した。また、1982年には、オハラガラスはスペ
ースシャトル・コロンビア号にも搭載されるなど、同社の技術
レベルは他に類を見ない。

【参考文献】

「2011年中国大陸地域の投資環境リスク調査」台湾区電機電子同業公会。

「2011年度日台ビジネスアライアンス報告書―進化する台湾の投資環境と日台ビジ
　　ネスアライアンスによるアジア事業展開」経済部投資業務所・野村総合研究所
　　台北支店。

「ECFAで両岸経済が活発化」『ジェトロセンサー』2012年2月号、pp.12~13、ジェト
　　ロ中国北アジア課宗金建志氏。

「アジアにおける企業経営の秘訣」リブロ社、藤原弘著　NPOアジアITビジネス研
　　究会理事長。

「変わりつつある日本企業にとっての台湾の位置づけ」『交流』2010年10月号、vol.
　　835、野村総合研究所台北支店副総経理・田崎嘉邦氏。

「台湾と組む―グローバル市場の架け橋」『ジェトロセンサー』2012年2月号、
　　pp3~29。

「多国籍人材の活用を徹底する台湾企業―日台ビジネスアライアンスのポイントは
　　台湾の人材」『交流』2012年2月号、pp.16~26、アジア企業経営研究会会長藤原
　　弘氏。

『中国で生き残るために』pp.94~114、リブロ社東京中小企業投資育成（株）国際ビ
　　ジ ネスセンター所長。

「中小企業の海外進出―アジアにおける企業展開の秘訣」『中小企業だより』2012
　　年1月号、NO. 1730、pp.22~30、アジア企業経営研究会会長・藤原弘。

「部材メーカーにとっての台湾企業との新たなアライアンスの機会」『交流』2012
　　年2月、vol. 851、pp. 1~7、野村総合研究所コーポレートファイナンスコンサル
　　テイング部主任コンサルタント杉本洋氏。

「再び増加する日本の製造業の台湾投資―台湾を通じた海外事業展開の優位性と成

功への鍵」『交流』pp.1~18、野村総合研究所台北支店副総経理・田崎嘉邦氏。

「両岸経済協力枠組み取り決め（ECFA）の影響等調査報告書」財団法人交流協会。

事例③　東京特殊電線塗料（エナメル線製造）とのアライアンス[3]

　董氏は、台湾で多数のカメラ関連サプライヤー設立を手掛けている。地場に適当な台湾企業がない場合、董氏が個人出資し、日本企業と合弁で工場を設立したという。董氏は1976年に、東京特殊電線塗料株式会社との合弁企業「福保化學股份有限公司」を設立（表3）。台湾でエナメル線塗料製品を製造開始し、数十年にわたり設備を増設し、研究開発を行った。現在グローバルで最も重要なエナメル線塗料サプライヤーの一つとして、アジア地域では圧倒的な地位を築いている。電子器材に必要なポリウレタン塗料では、2004年のグローバルシェアで25％以上あり、グローバル電子器材部品サプライヤーとして影響力も高い。

　合弁相手である東京特殊電線塗料は、電線、電線加工品、電子機器・電子部品などを製造、販売する古河電工グループの企業である。合弁当時は独立系の上場会社だったが、2010年に古河電工により合併された。

---

[3] 福保化学の事例は、「日台ビジネスアライアンス成功事例集」（2011年7月交流協会台北事務所）に紹介されているが、董氏が出資していることは同事例では触れられていない。

表3　福保化学会社概要

会社名	福保化學股份有限公司
設立	1976年
住所	中華民國台灣省桃園縣觀音鄉富源村55-1號
資本金	1億台湾元（2009年1月）
従業員数	80人
代表者名	総経理　池田聡
売上高	N/A
ウェブサイト	http://www.fupao.com/start.asp

出所：同社ウェブサイトより作成

事例④　佳能企業スピンオフベンチャーを組織化、日系企業とパイプを作る：必立米科技

　＜ハブ企業によるインキュベータ能力と日台アライアンスのさらなる可能性＞

　佳能企業のスピンオフ技術者である許宋碧氏が創業した必立米科技股份有限公司（以下、必立米科技）は、精密金型・精密部品製造・調達のマッチングや受発注を行う貿易商社である。（表4）同じく佳能企業から独立した技術者が経営する台中周辺の精密金型、精密部品関連中小・零細業者10社（プレス加工、スタンピング加工等）を組織化、日本の大手中堅企業と台中の部品メーカーのパイプ役として高付加価値電子電気部品の供給を行う。

　日本航空電子工業株式会社の台湾子会社・台湾航空電子から

受注するコネクタやシステム機器が、同社売上シェアを占め、長期的取引を行っている。大分キャノン株式会社からは、精密プレス、精密モルト、精密ダイキャスト部品と金型の製作請負を行う。

表4　必立米科技の概要

会社名	必立米科技（BELIEVE ME TECHNOLOGY.）
設立	1994年
住所	台湾臺中市北屯區崇德路二段３４６巷２５弄１０１號
資本金	500万台湾元
従業員数	320名（外注ワーカー含め）
主要製品	精密プレス、精密モルト、精密ダイキャスト部品と金型の製作請負(大分キャノン(株))、デジタルカメラとデジタルビデオの部品等、精密ユニットの受注請負
代表者名	許 宋碧
ウェブサイト	N/A

出所：同社ウェブサイト・資料等より作成

　許董事長は、日台の精密金型のアライアンスには「人」という要素が重要であるという。日本語が堪能で日本人の精神性に対し理解の深い許董事長の元には、日系の取引先その他から、日系中小企業の国際展開についての相談が多く寄せられる。規模としては非常に小さいが、積極的に日本中小企業の海外輸出案件や台湾での部品調達をサポートしており、年に数回のベースで来日、日本企業に対して営業支援活動を行っている。

二、以後日本的経営を重んじる佳能企業が日台企業の絆となる

　佳能企業は、創立以来、社員・顧客・関連企業との縁を大事にし、顧客に商品を販売することを、愛娘を嫁に出すことに例えている。顧客に届ける製品に永遠の深い愛を注いでおり、自社製品のアフターサービスも大事にしてきた。同社の永続的成功は、組織団結力の成果であり、顧客の支持、同僚の協働、関連メーカーの協力によるものであるという。董氏が持つ関係者への深い感謝の念や思いやりの心が、佳能企業を企業体から運命共同体へと昇華させており、同社の組織運営を成功させた源泉となっている。

　グローバル化が進み、ものづくりの国際分業が再構築されている中で、日本企業も台湾企業も難しい時代を迎えている。『知遇惜縁』を重視する董氏は、台湾と日本の信頼関係は時代が変わっても今後も変わらないと強調する。中国の故事に「十年同じ船で修行を積んで、百年一緒に過ごす」という諺があるが、人と人との縁を大切にすると、偶然のめぐり合いが長年の縁となるという。董氏は、日台中小企業とのアライアンスを40数年行ってきているが、これまでの体験や経験をもとに、今後の日台企業アライアンスを支えていきたいと考えている。董氏は2011年末佳能企業董事長を退任したが、こうした体験から生まれた情熱は未だ強く、次世代の日台アライアンスの期待へと繋がっている。

台日アライアンスによる新興国市場での市場創出

　台湾企業が日系企業とのアライアンスを行う目的としては、①日本企業の保有する技術力や生産管理能力の学習、②グローバル展開を期待する日本企業との連携による第三国展開が挙げられる。一方、日系企業が台湾企業とのアライアンスを行う目的としては、③日本企業製品の中国市場向けローカライズ及び拡販を主導的に行い、現地市場シェアや販路獲得を狙うことが挙げられるが、③の具体的事例として、本論では、中国市場における佳能企業の巴川製紙とのトナー事業を取り上げた。

一、巴川製紙所とのアライアンスが新しい市場を開く

　佳能企業は、株式会社巴川製紙所（以下、巴川製紙所、表4参照）と共に、中国で複写機トナーを製造している。中国では、巴川製紙所の技術を活用し、販売は佳能企業が担当するという条件で合弁会社を設立。佳能企業が中国での市場知識や人脈を生かし現地マーケティングと営業を担当、巴川製紙所は、製造に関する部分を中心に生産・品質管理を受け持つ。

表5　巴川製紙所の概要

会社名	株式会社巴川製紙所
設立	1917年8月
住所	東京都中央区京橋一丁目7番1号
資本金	2,894,953,550円(平成22年3月31日現在)
従業員数	連結1,279名、単独375名(2011年3月31日現在)
主要製品	紙、不織布およびパルプならびにこれらと他の材料との複合物の製造、加工、輸出入販売、プラスチックおよびこれと他の材料の複合物の製造、加工、輸出入ならびに販売、電子写真用現像剤、複写、印刷、記録用材料の製造、加工、輸出入ならびに販売等
代表者名	代表取締役社長　井上 善雄
ウェブサイト	http://www.tomoegawa.co.jp

出所：同社ウェブサイト・資料等より作成

二、中国トナー市場で日台アライアンスにより高品質市場を創造

　中国市場では、日系大手複写機企業が中国での工場を設立後、現地従業員のスピンアウト等により現地地場トナー工場が乱立した。そのため、中国市場でプリンタや複写機を販売する場合には、多くの中国顧客は売り切りの契約で、トナーもメーカー純正品でなく、地場企業からリサイクルトナーを調達する場合がある。その結果、低品質の海賊版トナーの使用が増加し、プリント出力の質が低下することで、日系複写機メーカーへの苦情が増加したという。日系複写機メーカーは対策に苦

慮し、トナー製造を行う巴川製紙所にマーケティングを依頼した。そして、中国市場に高品質トナーを供給したい複写機メーカーからの依頼で、トナー製造を行う巴川製紙所が佳能に相談したことがビジネスのきっかけであるという。

　佳能が中国で合弁工場を立ち上げ、中国生産を行えば、製品は中国産トナーと認識され、差別化を図りにくい。そこで董氏がまず日本に投資、佳能と巴川で、日本に合弁会社を設立することになった。そしてその日本の合弁会社から100％出資でトナー工場を中国で作ることにした。「日本の技術による日本出資の100％日本トナー」として差別化を図り、高価格帯で販売している。今回のアライアンスの結果、巴川としても、トナーの中国生産による使用素材価格の低減、地場原料メーカーと直接交渉による中間マージン削減などのメリットを享受することができ、大幅なコストダウンを達成することが可能となった。

　こうして、佳能は巴川とともに、「日本トナー」の中国市場のブランディング・販売に成功し、高品質トナー市場での販売ネットワークを確立した。

三、中国市場向けトナーの新しい市場創造とジャパンブランド構築を達成

　中国市場向けトナーの市場価格は、日本トナーは1キロ当たり12〜20ドル、中国トナーは1キロ当たり5〜6ドルである。一方で、米国等の外資技術中国生産トナーは1キロ当たり6〜7ドルであるが、外資技術中国生産トナーの市場は全体の8割を占

めている。この8割を占めるボリュームゾーン層のトナー品質が十分でないと考えた佳能は、今度はこの市場への参入を検討した。

　佳能は巴川と共に、中国で新たに合弁事業を設立。2011年より「日本トナー」と差別化した「日本技術の中国トナー」の製造を開始した。差別化のポイントは、「日本技術の中国トナー」ということで、中国設備で中国材料だが、日本の技術で生産されていることを売りにしている。（前出の「日本トナー」は、技術、設備、材料全て日本製である）同社は、日本技術の日本トナーはキロ12ドルで販売しているが、中国合弁会社製造の「日本技術中国トナー」はキロ7〜8ドルで販売している。

　かつて中国は世界の工場と言われたが、外貨準備高も3兆を超え、市民の生活も向上している中で、市場化する中国に対応していく必要がある。董氏によれば、日本製品のブランディングを成功させるためには、市場に合わせて考えることが必要であるという。

　中国総人口の5％（6,000万人）が中国全体の支出の約50％を握っており、中国の1％である1,300万人が中国全体の支出の40％を占めているが、この1％は世界最高の製品しか使わない。佳能は、世界最高の「日本トナー」を、この1％の層をターゲットにして販売している。中国市場展開を行う日本企業はこの1％、1,300万人の市場を狙うべきだと董氏は強調。この層は確実に最高品質製品を購買するという。

　日本の強いブランドを持つ大手メーカーは、自力で情報収集

もでき、グローバル展開にも慣れているため、中国展開の際に
台湾企業と提携する必要はないが、日本中小企業にとって、中
国での現地生産には、部品の交渉やEMS企業の協力が必須であ
り台湾企業は良いパートナーとなりうる。

　日本が世界のブランドとなり得た背景には、日本は一億数
千万の市場を既に国内で持っていることも大きいという。まず
国内製造して国内販売を行う過程で、海外で販売可能なレベル
まで製品をカスタマイズできるため、日本で売れたら世界に
売れるという有利な条件があるという。台湾は市場規模が小さ
く、台湾で売れてから世界に販売するということは難しいた
め、台湾企業は最初から世界が受け入れられる製品を製造販売
しなければならないというジレンマがある。董氏は、こうした
理由から台湾企業が独自でブランド構築を行うのは難しいと考
えており、日本企業のグローバルブランド化の支援を行うこと
で、台湾企業の弱みを強みに変えることができるという。

四、中国でもキヤノンとの取引関係を維持、日台アライアンス
##　　経験蓄積は中国展開成功の鍵

　佳能企業は、中国東莞工場でデジタルカメラを製造してお
り、2007年に1200万台生産、2008年は1600万台、2011年度の
生産台数はさらにこれを上回っている。従業員数は7,000名で
ある。顧客はニコン・フジフイルム・カシオなど日本企業が
7割、それ以外にもサムスン・ポラロイドなど韓国企業・欧米
企業を顧客としている。また應華精密科技では、中国でオリン

パス・キヤノン・三洋・ニコンなど日本企業が製造するデジタルカメラ事業への部品供給のため、今後は部品製造に注力していく戦略である。主力事業は部品製造・精密金型などで、東莞工場ではデジカメのメタルケース製造、蘇州工場では金属・表面処理を行っている。中国での従業員数は、部品工場全体で5,000～6,000名の従業員を雇用しており、台湾工場の1,000名と比べると5倍以上の規模となる。管理職には生産管理を担当してきた台湾人材を据え、現地従業員に日本語研修も行うことで、今後の日本中小企業との協力も視野に入れている。

　佳能企業による中国市場での日系企業とのアライアンスや日本製品導入の成功は、同社が台湾で多くの日系企業とアライアンス経験を蓄積していたことが大きな影響を与えている。天野（2007）は、2000年以降増加した台湾六和機械とトヨタ部品サプライヤーとの中国での合弁事業に着目し、日系自動車部品メーカーの中国進出時に、半世紀にわたる台湾でのアライアンス経験が大きな役割を果たしていたと述べている。

　本調査では、自動車部品分野のみならず、本論に挙げた佳能企業といった光学部品分野や、報告書に掲載した友嘉実業等工作機械分野でも、台湾での日台アライアンス経験が、日系企業との中国でのアライアンス成功に大きな役割を果たしていることを示している。

まとめとディスカッション

－日台企業アライアンスの新興市場での優位性とイノベーション創出－

2011年度経済産業省中小企業庁「中小企業白書」によれば、国際化を行う日本中小企業が、国外で販売・提供している主要事業の内容について、海外市場において、日本で販売・提供する財・サービスと同じものを販売・提供していると回答した中小企業の割合は約8割である。現地に合わせ市場カスタマイズしている企業は約2割、その中で新たに企画・開発していると回答した企業は5％程度である。同白書では、中小企業が海外市場で販売・提供する主要事業の品質を、現地で競合する財・サービスと比較しているが、日本中小企業は、アジア市場では約8割、アメリカ又はヨーロッパでは約7割の企業が現地の競合する財・サービスと比較して高い品質であると認識しているという。さらに、日本中小企業が供給する財・サービスについて、現地市場も品質の高さを認識し、高付加価値商品では一定のシェアを確保しているが、現地市場シェアを「確保できている」と認識している中小企業は、アジア、欧米ともに、2割未満である。また、現地の販売額について、「大幅な増加」と回答する中小企業は1割未満であり、日本中小企業は現地での販売を伸ばすことに苦労しているという。

一、台湾企業の新興国市場向け開発能力を生かしたアライアンス戦略

　新宅（2008）によれば、台湾企業は中国市場における「適正品質」を提供する製品開発能力を持っている。図1において、「適正品質」の市場が最も市場シェアが大きいが、ここを台湾企業がほぼ独占しているという。

図1　適正品質・価格と市場シェア

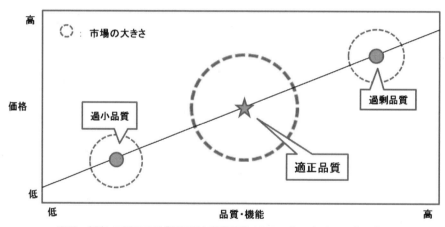

出所：新宅・天野(2009)「新興国市場戦略論」MMRCディスカッションペーパーNo.277

　一方、天野（2010）は、日本の大企業では、独自でこうした適正品質に対応した製品対応を行っており、INAXやダイキン等、新興市場向け製品開発に成功した事例を挙げている。

　経済産業省中小企業庁発表の「2011年度中小企業白書」によれば、日本中小企業が供給する財・サービスについて、現地市場も品質の高さを認識し、高付加価値商品では一定のシェアを

確保しているが、現地市場シェアを「確保できている」と認識している中小企業は、アジア・欧米ともに、2割未満であり、新興国市場で要求される技術・製品レベルからは、日本製品は「過剰品質」と見做されてしまうことがその理由の一つであろう。

二、「イノベーションのジレンマ」克服のための日台企業アライアンスの可能性

　また、日本の中堅・中小企業にとって、新興市場向けの製品開発が困難である理由として、これまでの日本市場での経験則が適用できず、新たなイノベーションが必要であるためである。日本中堅・中小企業では、自社の組織能力のみで「イノベーションのジレンマ[4]」のブレークスルーは難しい。イノベーションのジレンマ克服には、経営者や技術者に発想の転換が必要で、中小企業の限られた経営資源[5]の中では、新しい創発を起こすことは非常に難しい。そのため、日本中小企業が低コストで新たな経営資源を獲得する手段として、「日台企業アライアンス」が着目されており、今後日台アライアンスが生む創発効果が期待されている。

---

[4] クリステンセン（1997）は、既存の技術革新が市場のニーズに合致しない場合があることを指摘している。

[5] ペンローズ（1985）によれば、中小企業は限定的な経営資源により成長に限界を持つ。

　また、台湾企業をパートナーに選択する理由として、日本企業の企業間関係構築の特異性が挙げられる。日本企業は従来親会社と下請け企業間の関係構築を緊密に行っており、同質企業間でのアライアンス関係は得意とするが、異質な企業とのアライアンス経験に乏しく、アライアンスによる成功も得づらい。一方で、東アジア地域において比較的成功していると言われている日台企業間のアライアンスの場合には、戦後の歴史の中で、主に輸出産業を中心に、グローバル政策的に日系企業のサプライヤーネットワークに組み込まれてきた経験から、台湾企業は、日系企業とのアライアンスパートナーとしての高い能力を保有しているといわれている。

　佳能企業と巴川製紙による、「日本技術・台湾製品・中国材料による台湾トナーブランド」のケースは、台湾企業とのアライアンスを活用し、自社の保有する技術と新興国市場で必要とされる製品とのギャップを乗り越え[6]、見事にイノベーションによる新製品開発や新市場開拓を果たした事例として見ることができる。

　佳能企業は、日台アライアンスによる「高品質市場」獲得の成功経験を経て、「適正品質」市場へと参入している。（図2）

[6] 2011年11月3日淡水大学で開催された天野発表資料から得た着想による。

図2　高品質市場から適正品質市場への参入

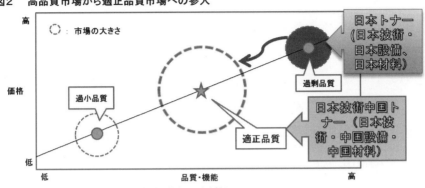

出所：新宅(2009)の図を引用し、筆者にて文章挿入。

　佳能企業は、日本ブランドの日本トナー(日本技術・日本設備、日本材料）を、中国市場における高付加価値市場にターゲットを絞り製造販売を行った。高付加価値市場向製品は、中国市場で最もシェアの大きい「適正品質」市場には、品質・価格ともに導入が不可能である。そのため、佳能は巴川との共同開発により、日本技術中国トナー（日本技術・中国設備・中国材料）を適正品質市場に導入することとなった[7]。

　佳能と巴川製紙による「日本技術と中国設備・材料の台湾トナー」は日台アライアンスによる、日本企業の技術と新興国市場ニーズのギャップを活用した新製品開発や新市場開拓等イノベーションの可能性を示している。これは、日本と台湾、そして中国市場の技術レベルギャップを活用し、イノベーションを創出した事例であり、佳能と巴川は、中国トナー市場において

[7]　2012年3月12日東京大学新宅准教授からのレクチャーによる。

「高品質市場」と「適正品質市場」を両取りできることとなった。

　本論では、日系企業が新興国市場参入を行う際に、台湾企業とのアライアンスを行うことにより「適正品質」の製品を開発し、新興国市場の高付加価値市場だけでなくボリュームゾーンを狙う戦略の存在が明らかとなった。前出の董氏によれば、佳能企業の40年もの日系企業とのアライアンスの経験蓄積が、こうした中国市場での新しいビジネスや市場創造に繋がっているという。董氏は、市場は技術を呼び、有望な市場に技術が集結すると考えており、中国での産業発展の背景には、日本企業とのアライアンスで蓄積された技術を持った台湾企業の進出が一因としてあるという。また、技術は鮮度があり、適切な段階で適切に製品化、市場化することが重要であると考える董氏は、優良な技術を持った日本ブランドを適切な時期に、適切な市場で、「適正品質」で販売するノウハウを持っている。こうした台湾企業の新興国市場向け開発能力を生かしたアライアンス戦略の可能性は、日本の中小企業も検討することができるであろう。

三、継続的な日台アライアンス経験の蓄積が日台連携のハブ企業を創造する

　今回の調査では、日台アライアンスの成功企業として、継続的な日台アライアンスによって蓄積された経験を持ち、日台アライアンスを仲介、日台企業関係を繋ぐ企業の存在が明らかに

なった。日本と台湾の企業間を繋ぐリエゾン的役割を果たすこうした台湾企業は、日台連携の「HUB（ハブ）機能」を持つ「ハブ（HUB）企業[8]」と定義したい。こうした「ハブ企業」は、数多くの日本企業とのアライアンス経験からの継続的学習により、日本企業の経営能力、組織能力、生産管理能力、人事管理能力を習得するとともに、欧米企業や中国企業との連携の中で、日本企業の特異性や優位性を誰よりも理解している。

　「ハブ企業」は台湾や中国において、まだ日本企業をよく知らない、また日本企業の活用方法が分からない地場企業に対し、日本企業や日本製品、日本技術の活用の方法を伝達する役割を果たしている。日本企業が中国展開を検討するにあたり、こうした台湾の「ハブ企業」の積極的な活用を考慮することで、日本企業の中国進出リスクを減少させる手助けになるだろう。

　また、「ハブ企業」は佳能企業のスピンオフ企業である必立米企業のような日台企業と連携を行うベンチャーを創出するインキュベータの役割も担っている。日本企業とのアライアンス関係を持った、こうした新しい台湾ベンチャーが、時代や市場の要請に応じながら、新しいアライアンスパートナーと関係を構築しつつビジネスを拡大、新産業分野でのグローバル企業に成長していく過程は、今後国際展開を検討している日本中小企

---

[8]　ハブ（hub）は自動車等の車輪中央の構成部品で、ここではネットワークハブを指す。

業にとっても参考となるだろう。こうしたベンチャー主導で、
日台企業・研究者間の相互補完的な新産業創出が進めば、日台
双方の経済成長に貢献する新しいビジネスやハイテク技術ベン
チャー創出の可能性が期待できよう。

　他方、調査を進める中で、日台アライアンスの難しさも一部
関係者より指摘された。成長スピードの速い台湾企業との関係
性の中で、日本企業にとっては、良くも悪くも当初のアライア
ンスの意図とは異なる方向に進む可能性も少なくないという。
今回の聞き取り調査では、台湾企業側からの日台アライアンス
についての視点を中心とした事例収集を行ったが、今後の調査
では日本企業側からも聞き取りを行うことで、さらに日台企業
アライアンス関係の本質に迫ることができればと考える。

【参考文献】

天野倫文(2007)「台日サプライヤーの中国進出とアライアンス」東京大学大学院
　　経済学論集（mimeo）。

伊藤信吾(2005)「急増する日本企業の台湾活用型対中投資」みずほ総研論集、2005
　　年Ⅲ号。

井上隆一郎(2007)「六和機械－自動車部品で日台アライアンスを体現」ジェトロセン
　　サー2007年3月号。

井上隆一郎・天野倫文・九門崇編・根橋玲子共著(2008)「アジア国際分業における日
　　台企業アライアンス：ケーススタディによる検証」。

新宅純二郎・天野倫文（2009）「新興国市場戦略論―市場・資源戦略の転換」経済
　　学論集75-3 2009年10月。

新宅純二郎（2009）「新興国市場開拓に向けた日本企業の課題と戦略」国際経済室
　　報第2号 2009年8月。

新宅純二郎（2008）第4章「ものづくりをブランド価値に」飯塚悦功編「日本のもの
　　づくり2.0 進化する現場力」。

松島茂(2003)「産業リンケージと中小企業」小池・川上編アジア経済研究所。

根橋玲子(2006)「台湾企業の対日投資意識に関する分析」（交流協会発行「交流」
　　NO.756号）、(2007)「台湾企業の対日投資成功事例と地方への投資促進に対す
　　る提言」（交流協会発行「交流」NO.794号）。

劉仁傑「友嘉實業集団的中国市場策略與台日聯盟」除斯勤・陳徳昇編（2011）「台
　　日策略聯盟理論與実務」。

『外資系企業とのアライアンスによる我が国中小企業の国際競争力強化の実態と展
　　望』（2011年（財）ミプロ発行）。

Clayton M. Christensen（1997）"The Innovator's Dilemma: When New Technologies Cause
　　Great Firms to Fail"

E.T.Penrose(1985)"The Theory Of The Growth Of The Firm"

論 壇 17

日台ビジネスアライアンス
── 競争と協力、その実践と展望

編　　　　者	陳德昇
発　行　者	張書銘
発　行　所	**INK** 印刻文学生活雑誌出版有限会社
	23586新北市中和区中正路800号13階の3
	TEL：(02)2228-1626
	FAX：(02)2228-1598
	e-mail：ink.book@msa.hinet.net
	URL：http://www.sudu.cc
法 律 顧 問	漢廷法律事務所 劉大正弁護士
総 代 理 店	成陽出版株式会社
	TEL：(03)358-9000（代表番号）
	FAX：(03)355-6521
郵便振替番号	1900069-1 成陽出版股份有限公司
印 刷 ・ 製 本	海王印刷事業株式会社
	TEL：(02)8228-1290

2012年11月 初版 1 刷発行

定　　　価　320元